ムーミン谷のひみつ

冨原眞弓

筑摩書房

【目次】

ムーミン谷のひみつ

序

わたしがヤンソン作品を読むようになったのは一九八九年の夏だ。それまでは活字であれテレビアニメであれ、いわゆる〈ムーミンもの〉にまったく触れずにきてしまったので、ほんの数年前まで、トーベ・ヤンソンがフィンランド人であることも、今年で八一歳になる女性であることも、いまも作品をスウェーデン語で書きつづけている現役の作家であることも知らなかった。

ストックホルムの街をスウェーデン人の友人と歩いていたとき、たまたま書店の店頭にヤンソンの作品や研究書が並んでいるのに気がついた。「彼は北欧では作家として高く評価されているのか」と訊くと、「トーベ・ヤンソンを読むおとなの読者は多い。おとな向けの小説もたくさん書いている。先日もテレビで近況インタヴューを放映していた。ついでに言うと、トーベ・ヤンソンは彼ではなくて彼女だ」という答えが返ってきた。

〈おとな向け〉の作品も書いている現役の作家ということに興味をそそられて、英語版のムーミンシリーズの一冊を手にとった。『ムーミン谷の冬』だったと思う。新鮮な驚きだった。読みすすむにつれ、〈子ども向け〉にいだいていた勝手な思いこみ――やさしく、わかりやすく、ときとして説明的すぎる――が、おもしろいように壊れていった。

ヤンソンは読者をあなどらない。読者の年齢や欲求に応じて多重的に読みとく余地を与えてくれる。いくつもの次元のことなる読みを可能にする意図された曖昧さ、これこそがムーミン物語の魅力なのではないかと思う。ヤンソンはむずかしい言葉や表現は使わないが、文中に複雑な伏線を張りめぐらせ、微妙な比喩や象徴をちりばめる。主な筋《メイン・プロット》のまわりに複数の副筋《サブ・プロット》を配することで、物語に厚みをもたせると同時に、メイン・プロットのテーマを強調する構成にしあげる。感性にとっても知性にとっても刺戟的だ。一冊読んでそう確信し、あとは迷うことなく手あたりしだいに読んでいった。

ムーミンシリーズを読み終えてしまうと、〈おとな向け〉の作品も読みたくなったが、ほとんど翻訳がなかったので、スウェーデン語を学んだ。その後、発表年を追って九冊のムーミンシリーズを読みなおした。やがて、自分なりにひとつのムーミン像を思い描くようになった。これは明るく楽しいだけの冒険物語ではない。架空の生きものたちにことよせて、じつは現実世界に生きる等身大のひとびとの悩みや憧れについて語られているのではないのか。ひょっとするとヤンソンは、子どもよりもおとなの読者を念頭において書いたのではないのかと。

ムーミン世界がのどかで愛にみちた空間であるのはまちがいない。しかし、このユートピアにも悩みや困難は存在する。仲のよい親子や夫婦や友だちであっても、問題は生じる。身近な間柄だからこそ生じるエゴとエゴの葛藤や気持のすれちがいもある。それでも、わざとらしくも説教くさくもならないのは、ヤンソンがかつて数多くの諷刺漫画を描いて培ったパロディのセンスによるのではないか。

独自の文体をもつ作家であり、一流の画家でもあるトーベ・ヤンソン自身に、できるだけ多くを語らせるために、適切な箇所と挿絵を選びだし、主要な生きものたちの魅力が伝わる構成を心がけた。

引用した文章はすべてヤンソンの原文からの拙訳である。おとなの読者を対象に訳したので、「です・ます」調ではなく「だ・である」調を採用したほか、用語や漢字づかいなどでも、既訳のものとくらべて多少の異同がある。本文との関係で一部省略した箇所もあるが、原文の流れを壊さないように配慮した。

ムーミンシリーズから一冊、その他の小説や短篇集を三冊と、ヤンソンの作品を訳した経験からみて、〈子ども向け〉と〈おとな向け〉とで文体や語彙に質的な差があるようには思えない。いずれも選びぬかれた語彙を駆使したストイックな文体である。しかもさりげないユーモアやアイロニーの宝庫でもある。わたしのつたない訳文を通して、意図的なナイーヴさとでもいうべき原文の持ち味がわずかなりとも伝わるならば、ヤンソン作品の愛読者のひとりとしてこれ以上のしあわせはない。

一九九五年十一月

ムーミン家族

Muminfamilj

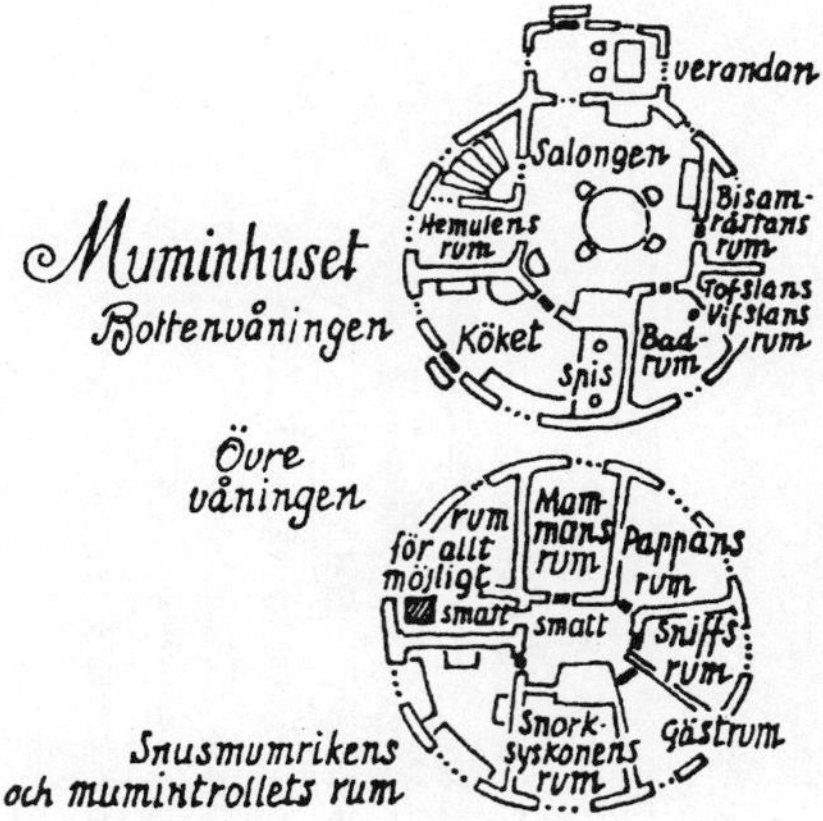

『たのしいムーミン一家』の扉に描かれたムーミン屋敷の間取図。上が一階で、下が二階。一階の間取は、中央にタイルストーヴのある応接間、そこからつづくヴェランダ。応接間から右回りで、じゃこうねずみの部屋、トフスラとヴィフスラの部屋、浴室、かまど、台所、ヘムルの部屋、階段。二階の間取は、いちばん上がムーミンママの部屋、右回りで、ムーミンパパの部屋、スニフの部屋、客室、スノークの兄妹の部屋、スナフキンとムーミントロールの部屋、なんでも部屋。九冊のシリーズを通して、屋敷の間取図はこれひとつ、ほかにはない。

自然なしあわせのかたち

もうずいぶん昔の話になるが、ムーミントロールのパパが、なにも言わずに、家を出てしまったことがある。なぜ出ていかなければならないのか、パパ自身にもわからないままに。

（……）

「帰りたくなったら帰ってくるわ」と、ムーミントロールのママは言う。「パパは最初からそう言ってたし、じっさい、いつだって帰ってきたもの。だから、今度もきっと帰ってくるわよ」

だれもちっとも心配しない。それはよいことだ。互いのことでは心配しないと決めている。そうすれば、互いに良心がとがめることもないし、できるだけ大きな自由も得られるというものだ。

『ムーミン谷の仲間たち』

「どんなところよりも美しい谷」と呼ばれるムーミン谷には、いかにも北欧的でのどかな風景がひろがる。針葉樹の森に囲まれ、なかほどを小川が流れ、後ろに海をひかえ、海辺の岩山には洞窟がある。ただし、なじみやすい牧歌的な風物だけでなく、異質なものや判然としないものも、隣りあわせに存在する。眼をすこし遠くに転じれば、ごつごつと岩だらけの「おさびし山」がそびえ立ち、はるかな沖には、わさわさと群れてはいても孤独なニョロニョロたちが、はげしい雷鳴を求めて定期的に集まってくる島が、ぽつねんと浮かぶ。思わぬ展開を予感させる道具だてはそろっている。

＊　＊　＊

短い夏には、あらゆる草花がいっせいに咲きみだれる。しかし、ピクニックだ、水浴びだ、と浮かれているまに、いつしか秋が忍びより、一年の半分近くをしめる長く暗い冬がやって来る。やがてムーミン谷は白一色に変わり、ムーミン屋敷はこんもりと丸い「雪の吹きだまり」となる。ムーミンたちのような小さな生きものにとって、大自然は驚きと危険にみちている。恵みをもたらす源であると同時に、ときとして生命をも脅かす暴力ともなる。北欧の荒々しい自然とともに生きるのは、穏やかな四季に慣れているわたしたちが考えるほど、気楽なものではなさそうだ。

この美しくも浮世ばなれした谷の真ん中に、灯台そっくりのムーミン屋敷があり、その屋敷にはムーミン家族が住んでいる。広い応接間や客用寝室のあるりっぱな家に住み、ティータイムにはヴェランダで紅茶を飲む。けっこう凝った家具や調度品がごちゃごちゃと並び、壁にはそれなりの絵がかかり、家族につたわる古いアルバムには、もったいつけてポーズをとる先祖たちの写真が収まる。冬になると「古くからの伝統にしたがって」冬眠に入る。ムーミントロールたちは、昔ながらのしきたりを重んじる種族なのだ。

〈無職〉のパパがどうやって家族を養っているのかは不明だが、意外に優雅なライフスタイルから判断するに、まずまず余裕のあるブルジョワ家庭といっていい。どっしりと頼もしいムーミンパパ、世話好きでやさしいムーミンママ、甘えん坊のひとり息子ムーミントロール、この仲のよい親子のトリオからなる典型的な核家族、とみえる。

しかし、だまされてはならない。この家族、けっこうアナーキーである。ムーミンパパは、マイホームパパを自認するわりに、周期的にぷいと家を飛びだす放浪癖がある。ふだんは自分のことは後まわしにして、家族や客の世話をやく献身的なムーミン

NW
NO
W
Ö
SW
S
SO
Hattifnattarnas ö
Ensliga Bergen
Grottan
Sandbank
Syren
Vedbod
Jasmin
Tobak
verandan
Salongen
Hemulens rum
Bisamråttans rum
Tofslans Vifslans rum
Köket
Spis
Badrum
Muminhuset
Bottenvåningen
Övre våningen
rum för allt möjligt
smått
Mammans rum
smått
Pappans rum
Sniffs rum
Snorksyskonens rum
Gästrum
Snusmumrikens och mumintrollets rum
KARTA ÖVER MUMINDALEN
Tove

ママも、じつは強烈な自我をうちにひめた〈芸術家〉だ。些細なことですぐ狼狽するパパとくらべ、ずっとふところが深い。大物である。

引用した「ニョロニョロのひみつ」という短篇では、パパが「どこまでもはるかな水平線をめざしてさまよう永遠の放浪者」ニョロニョロに魅入られるようにして、ある日とつぜん家を出てしまう。しかしママはあわてない。パパの気持をあれこれ詮索もしない。あえて説明しようともしない。あれやこれやの説明というのは、「とまどったり悲しかったりするときに、自分を慰めようとして、あとになってからみつけてくるもの」で、じっさいのできごととはあまり関係がないからだ。だいたい、パパの失踪には慣れっこだし、こういうときは騒がないのがいちばんと知っている。そのほうが、帰ってくるほうにとっても気が楽というものだ。

父親がぷいといなくなっても、だれも騒ぎたてたりしない。どうでもいいと考えているからではない。互いの意志や自由をたいせつにしているから、いらぬ手出し口出しをしないだけだ。

一九七二年の記事で、作者のヤンソンはこう語った。「ムーミンの家族はいたって自然なかたちでしあわせなので、自分たちがしあわせだということさえ知らない。かれらはいっしょにいてしあわせで、互いに自由を与えあう。つまり、ひとりでいる自由であり、自分なりの考えをもつ自由であり、分かちあってもよいと思うまではその考えを秘密にしておく自由である」(「自由とはなにか」)。

かれらが「とてもしあわせな家族」なのは、ひとりひとりの自由が保証されているからだ。孤独でいる自由、思想と表現の自由、プライヴァシーの自由である。互いに干渉せずにいるには、ときとして強い意志の力が必要だ。相手がたいせつな存在であれば、なおさらである。けれどもムーミンたちは、互いの自立がしあわせの基盤だと知っている。だから、ムーミンパパはふらりと家を出ていけるし、ふらりと戻ってくることもできる。

〈おとな〉〈こども〉や〈おとこ〉〈おんな〉の区別もいい加減だ。体型だけでは、ムーミンパパとムーミンママとムーミントロールを見分けるのはむずかしい。三人とも体格も顔つきもほとんど変わらず、男女の性差らしきものもない。パパはシルクハットとステッキ、ママはエプロンとハンドバッグ、ムーミントロールはなにもなし、というぐあいに、三人を区別する小道具なしには、だれがだれだかわからない。そのせいかどうか、はじめはシルクハットやステッキをもたなかったパパも、エプロンをしていなかったママも、途中の作品から、小道具を身につけて描かれるようになる。

このように、ムーミンたちの価値観や生活様式には、伝統や安定を是とするブルジョワ的なものと、自由や気楽さを重視するボヘミアン的なものが、かなり無頓着に混じりあっている。ブルジョワの戯画というべきフィリフヨンカや一部のヘムルのように、古くさい習慣やモノにむやみに囚われることもないが、ボヘミアンの理想というべきスナフキンやちびのミイほど、みごとにふっきれてもいない。また、自由といってても、モランやニョロニョロのような根なし草の自由とは一線を画す。さらには『たのしいムーミン一家』でくりひろげられる裁判のパロディにみるように、良い悪いを決める価値判断においても、かなりの節操のなさを露呈する。

さまざまな領域におけるこうした曖昧さは、ムーミン的世界をつらぬく特徴のひとつである。明確なカテゴリーに収まりきらない中途半端さ、ある種の歯切れの悪さこそが、ムーミンたちの魅力なのではないか、とわたしは思う。

〈ムーミン的〉な暮らしとは

ムーミントロールとスナフキンのふたりは、ボートでこの川に漕ぎだして、大きな世界に乗りだし、いくつものすばらしい体験をしたものだ。そして旅をするごとに、あたらしい友だちをみつけては、ムーミン谷に連れ帰ってきた。ムーミントロールのパパとママは、そういう知りあいをごく自然に受けいれ、あたらしいベッドをこしらえ、食卓をもっと大きくしてくれる。そんなわけで、ムーミン屋敷はいつも満員だった。だれもが好きなことをしてよいし、明日の心配をすることもめったにない。たしかに、ときどき大騒ぎになったり、ぞっとすることが起きたりはするが、ともかく退屈している暇はまずない。

『たのしいムーミン一家』

＊＊＊

ムーミン屋敷はなにが飛びだすかわからないびっくり箱だ。だれでも、いつでも、さまざまな理由で、気ままに出入りする。好きなときにふらっとやって来て、好きなだけいればいい。息子がつぎつぎと友だちを連れ帰っても、ママもパパもあたりまえのように新参者を歓迎する。

受けいれる側がさりげないので、客たちはその日のうちから、ずっとまえからの住人のように、すっかりくつろいだ気分になれる。ムーミンたちはだれでも受けいれるが、出ていこうとする者をひきとめようともしない。優遇される者も、拒まれる者もいない。ほとんど無頓着と隣りあわせの接しかたといってよい。

『たのしいムーミン一家』には、ムーミン屋敷の間取図が描かれている。一階には台所や応接間や浴室のほか、いくつかの客用寝室がある。ヘムルやじゃこうねずみやトフスラとヴィフスラの部屋になっている。ヘムルはムーミントロールが旅で出会って連れ帰った友だちだが、じゃこうねずみやトフスラとヴィフスラはぷいと現れて、そのまま居ついた客である。

二階には家族や定住者のための寝室がある。ムーミンパパ、ムーミンママ、スニフ、スノークの兄妹、そしてムーミントロールとスナフキンの共同の部屋だ。のちにはテント生活をし、冬になると旅に出るスナフキンも、このころはまだムーミン屋敷で寝起きをし、ムーミンたちとおなじように冬眠していたらしい。予備の客用寝室もある。いつでもだれでも歓迎するという姿勢が、間取にも表れている。

夜も、留守のときも、玄関の鍵はかかっていない。訪問者が勝手に入りこめるように。『ムーミンパパ海へいく』でも、島の灯台に鍵がかかっているのをみて、パパは自信たっぷりに言う。「ここに釘がある。あきらかに鍵をかけておくための釘だ。わかるだろう。扉を鍵でとざしておきながら、きちんと釘に鍵をかけておかないなんて、わたしは聞いたこともないな」と。ムーミン谷に戸締まりという発想はなじまない。どうしても戸締まりをしたいのなら、鍵をだれにでもわかるところに「きちんと釘にかけておく」べきなのだ。

このように〈ムーミン的〉家族は、閉じられた排他的な空間とはほど遠い。天の恵みの雨や光や熱をうけて、ひととひととの弾力的なつながりを養い育てるゆたかな土壌のように、身内だけではなく見知らぬ生きものにも開かれている。アメーバのよう

に伸縮自在だといってもよい。ちびのミイがムーミン家族の〈養女〉になっていても、家族同然のスニフやスノークの兄妹がいつのまにかいなくなってしまっても、べつにだれも変だとは思わない、らしい。

『ムーミン谷の冬』でも〈開かれた家〉の原則は守られている。ムーミン屋敷でひとり冬眠からめざめて、慣れない冬をすごすムーミントロールのもとに、たくさんの見知らぬ客たちが押しよせる。たいへんな寒波のせいで食べるものがなくなったという。ムーミントロールは気が気でない。みんなの分までジャムがあるだろうか。ジャムのことを話したら、あっというまに食べつくされてしまうのではないか。家族のためにとっておいた保存食を、すべて差しだしてよいものだろうか。

はじめはジャムがあることを隠そうとするが、ちびのミイに「くさるほどあるわよ」とすっぱぬかれて、「家族が眠っているあいだは、ぼくが家族の所有物を管理しているので……」と口ごもる。どんなときでも〈開いている〉というのは、なかなかむずかしい。それでも、「いちばん古いジャムの瓶から開けてよ」と、注文つきで食料を分かちあうことに同意する。

ミイがいみじくも言いはなったとおり、ものは貯めこめば貯めこむほど「くさる」。

最初はいやいやながらでも与えることで、ムーミントロールはすこしずつ自由になっていく。最後には、これだけは確保するぞとタイルストーヴのなかに隠しておいた、とっておきの苺ジャムの大瓶を、元気がよすぎてみんなから煙たがられていたヘムルに餞別として差しだすまでになる。

しかし、わがままな客たちの身勝手にふりまわされて、ムーミントロールはともすれば〈閉じて〉しまいそうになる。ようやく長い冬が終わり、客たちは三々五々帰っていく。あとに残されたのは、数えきれないほどのからっぽのジャム瓶と汚れた食器とゴミの山、壊れたりなくなったりした家具やマット、そしてめっきり量が減ってしまった薪の束だ。でも、眼をさましたムーミンママは言う。ジャムの瓶はたくさんありすぎたから、みんなが食べて片づけてくれたのはありがたいわ。それに、家具や品物が減ったおかげで風通しがよくなったし、掃除が楽になるわね。

いざというときに備えての蓄えであるジャムや薪は、おそらくムーミン家族の、ひいてはムーミントロールのブルジョワ的な側面をあらわすシンボルなのだろう。これらが外からの侵入者たちによって使いはたされたとき、ムーミン屋敷もムーミントロールも身軽になって、より自由に、よりかろやかに、より風通しよく、生まれ変わったのだ。おもしろいのは、アナーキーの権化みたいなちびのミイと、家内安全のお守りみたいなムーミンママが、言葉づかいこそちがえ、おなじメッセージを伝えていることだ。いわく、どんなにいいものでも、守りに入りすぎると〈くさらせて〉しまうよ、と。

かわいい子には旅をさせよう

「あの子たちを、しばらく家から離したらどうかな」とパパが言う。「じゃこうねずみが天文台の話をしているしね」

「え、なにの話?」とムーミンママが訊く。

「てん-もん-だい、だよ」とパパが言う。「すこしばかり川をくだったところにあるらしい。子どもたちが、星のことしか考えられないのなら、星を見にいけばいい、そうじゃないかい?」

「ええ、そうかもしれないわね」と言って、ママはライラックの茂みの埃を払いつづけた。

じっくりと考えてから、ママはヴェランダの階段に行って、言う。「パパとわたしで考えたんだけど、あなたたち、ちょっと旅に出たらどうかしら?」

「いやだ、ママ、いまにも地球がこなごなになりそうなときに、旅になんか出られないよ」とムーミントロールは答える。

「宇宙は石炭のように真っ黒で、大きくて危険な星が、いっぱいあるんだよ」と小さな生きもののスニフもつぶやく。

「わかってるわ」とママは言う。「まさしくそういう星たちよ、あなたたちに見にいってほしいのは。この近くに、星を見ることができる場所があるって、じゃこうねずみが言ってたわ。その星たちがどれほど大きいのか、宇宙はほんとうに黒いのか、そういうことを知るのは、家にいるわたしたちにとっても、大事なことだと思うのよ」

「そうしたらママはもっと安心できるの？」とムーミントロールが訊く。

「そのとおりよ」とママが答える。

ムーミントロールはすぐさま立ちあがり、こう言った。「ぼくたち、調べてみるよ。心配しないで。地球は、ぼくらが思ってるより、大きいかもしれないものね」

『ムーミン谷の彗星』

＊　＊　＊

はげしく雨の降りしきる夜のこと、平和な静けさのうちにまどろむムーミン屋敷に、ひとりの客がおとずれる。大雨で家を流され、風邪までひきこんだ〈哲学者〉のじゃこうねずみだ。扉を開けてくれた初対面のムーミンパパに、「あんたが川に橋をかけたときに、わが家の半分が壊れ、（……）残りの半分は雨で流された」と恨みがましくこぼす。そのくせ、「そんなことはなんでもないことだがな」と、〈哲学者〉らしく格好をつけるのも忘れない。

『ムーミン谷の彗星』の挿絵によると、ドイツ哲学者シュペングラーの本（『西洋の没落』か）を愛読し、『たのしいムーミン一家』では、ムーミンパパ愛用のハンモックを分捕って、『万物の無用性について』という本を読みつつ、はかなく虚しい人生について瞑想を重ねている。

ムーミン谷にはめずらしくないタイプで、じゃこうねずみもまた、自分ひとりの閉じた世界に生きている。ほかの生きものとの関係はまったく視野に入らないが、根が理屈っぽいので、説教をたれるのは好きだ。いつまでも降りやまぬ雨を眺めながら、「この雨は尋常のものではないな」と言う。さらに、呆気にとられているムーミンパパやムーミンママにむかって、「最近、あたりになにやら妙なものが漂っていることに、気づかなかったですかな？　虫の知らせみたいなものは？　ときに首すじあたりがぞっとするようなことは？」と追いうちをかける。そのうえ、「宇宙はどこまでも大きく、地球ときたら、情けないほどちっぽけで、弱虫なのだ……」と放言して、ただでさえ怖がりのスニフを怯えさせる。

自分ひとりの観念の世界に生きるじゃこうねずみにとって、じつをいえば、宇宙や地球の運命など、どうでもいい。だから、なんとなく危険を予知する能力はあっても、危険を避けるためになにかをする意欲にも行動力にも欠ける。林檎酒をひっかけ、ハンモックに寝そべって、読書や思索のじゃまをされなければ、満足している。

雨やどりのためにはじめてムーミン屋敷をおとずれた夜、じゃこうねずみは、「哲学者にとっては、生きようが死のうがどうでもよいことだ。しかし、この風邪では、このさきどうなるものやら、心配になってきましてな……」と言う。この手の〈哲学者〉にとって、自分の生死や世界の破滅といった大きな厄災は、観念の域を出ないのでおっとりかまえていられる。ところが、現実の身にかかわる不都合となると、風邪をひいたり昼寝を妨げられたりといった些細なことも我慢できない。口だけ達者で実行がともなわない世の知識人の戯画だろう。

SPENGLER

とはいえ、大言壮語とは裏腹に、どこまでも格好わるいので、憎めない。それなりの存在理由もある。事態を分析し、分析の結果をひとに伝え、動きを起こさせることだ。じっさい、じゃこうねずみの不吉な言葉が、のどかなムーミン谷に危機意識を呼びおこし、間接的にせよ、子どもたちの旅立ちを準備する。

ちっぽけな地球なんぞ、大きな宇宙のなかでは、吹けば飛ぶよなパンくずみたいなものだ、と聞かされてからというもの、ムーミントロールとスニフは、真っ黒な宇宙と滅びつつある地球の運命を思って、遊ぶのも忘れて沈みこんでしまう。そんなようすをみかねて、ムーミンパパとムーミンママが天文台への旅を提案する。手厚すぎる保護や頭ごなしの禁止というかたちではなく、さらに大きな自立と自由の機会を与えるというかたちで、パパとママの愛は発揮されるのだ。

迫りくる危険から子どもたちの眼をそらせようとはしない。逆に、危険の正体をみきわめるために、あえて子どもたちだけを送りだす。「家から離したらどうか」というパパの提案は、ママに反対されるどころか「じっくり考え」たうえで支持される。むしろ旅立ちにためらうのは、子どもたちのほうだ。そんな危険なときに、ぼくたちをよそにやらないでよと。

賢明なムーミンパパとムーミンママは、自分たちの意見を子どもたちに押しつけはしない。ムーミンママは、子どもたちが自分で決めて出かけるように、話をもちかけるすべを心得ている。最初はいやだとしりごみするムーミントロールだが、「家にいるわたしたちにとっても、大事なこと」というママの言葉に勇気百倍。そうか、この旅はただの遊びや冒険じゃない、自分の行動はだれかの（とりわけママの）役にたつんだ、そう悟ったとき、旅立ちを決意する。

この物語がたんなる冒険譚に終わらないのは、ムーミントロールたちの使命感が全篇をつらぬいているからだ。その使命感は親子の信頼関係にもとづいている。親が子どもを危険かもしれない旅に送りだすのは、それが子どものためになると信じているからだ。子どもは親から信頼されていると知っているからこそ、信頼にこたえようとして、恐怖や不安にうちかつ。いまやムーミントロールとスニフは、じゃこうねずみの話に怯えて、ヴェランダにぼんやり坐っている臆病な子どもではない。かれらの小さな肩には、家族の命運がかかっている。いや、ムーミン谷の、さらには地球の命運さえ、かれらの行動と決断にかかっているのだ。

偶然にゆだねられた運命

「どうだ、美しい彗星だとは思わないかね?」と教授が訊いた。

「宇宙は黒い。ほんとに真っ黒だ」とスニフはささやいた。ぞっとして身の毛がよだつ。暗闇の真ん中で、大きな星たちが、生きているかのように、ゆらゆらと喘いでいる。じゃこうねずみが言ったとおり、大きな星たちだ。それらに交じってずっと奥のほうに、悪意のこもった眼のような赤いものが光っている。

「こいつが彗星か」とスニフが言う。「あの赤いのが彗星で、こっちにやって来るんだね」

「もちろん、そうだとも」と教授は同意する。「だから興味ぶかいのだ。毎日、だんだん、よく見えるようになっておる。日がたつにつれて、ますます大きく、ますます赤く、ますます美しくなるのだ!」

「でも、じっとしてるよ」とスニフ。「それに尻尾も見えない」

「尻尾は後ろに引きずっとるのだ」と教授は説明する。まっすぐこちらに向かってきておる。だから動かないように見えるのだ。じつに美しいとは思わんかね?」『ムーミン谷の彗星』

＊　＊　＊

旅の途中で知りあったスナフキンを加え三人になった一行は、〈おさびし山〉の頂上にある天文台にたどりつく。そこには「星のことにしか関心のない教授」がいる。常識のなさでは、じゃこうねずみといい勝負だ。彗星の美しさに感動する感受性はあるが、それが現実の生活やひとびとにおよぼす影響には、まったく興味がない。

教授の計算によると、彗星は四日後に地球に衝突する。正確には、八月三日の夕刻八時四二分ちょうど。ひょっとすると四秒ずれる可能性もある。しかし、衝突したら地球はどうなるのというスニフの問いには、「どうなるかって? そんなことを考えている暇はない」と平然と答える。彗星の軌道や美しさには興味があるが、ひとがどうなろうと知ったことではないらしい。

スニフの報告を聞いて、ムーミントロールはすぐさま谷に帰ろうと言う。「彗星、彗星って騒ぐなよ。そんなのぼくたちが家に帰りさえすれば、パパとママがなんとかしてくれるさ……」。家族を安心させるために家を出て、じゃこうねずみの警告した「危険なもの」の正体が彗星であることをつきとめたいま、たいせつなことは一刻もはやく家族のもとに戻ることだ。かくてムーミントロールは谷をめざす。なにがあってもパパとママだけは、ぜったいに自分たちを待っていてくれると信じて。

一行とすれちがっていくのは、家財一式を手押し車やリュックにつめこんで、命からがら逃げていく生きものたちだ。パニック状態で、ろくな挨拶も返してくれない。ずんずん迫ってくる彗星を避けて、ムーミン谷とは逆の方向に逃げていく。

＊　＊　＊

「変だなあ」とムーミントロールは悲しげに言う。「知ってるひとがたくさんいる。長いこと会ってないひとたちも。いまこそ話したいことが山ほどあるんだけどな!」

「かれらは怯えているんだ」とスナフキンが言う。

「ふーん」とムーミントロール。「家にいれば危険なことなんかないのに」

「もしかしたら、ぼくらはものすごく勇敢なのかもしれないよ!」とスニフは叫び、例の短

Tove

剣を振りまわしたので、短剣の飾りの宝石がきらきらと輝いた。

「ぼくたちがとくに勇敢だとは思わないな」とムーミントロールは考えながら言う。「あの彗星に慣れてしまっただけの話さ。知りあいといってもいいくらいだもの。ぼくたちはあの彗星のことを最初に知ったし、あれがどんどん育って大きくなっていくのを見てきたからね。あれだって、ひとりぼっちで寂しいだろうなあ……」

「そうだね」とスナフキン。「あんなに怖れられたら、だれだって寂しいだろうな」

＊　＊　＊

いまや彗星は、ムーミントロールもスニフも脅かすことはできない。かれらは彗星の正体を知っている。不安や恐怖は無知や誤解を糧《かて》にして膨れあがる。未知のものは想像力を刺戟するからだ。しかし逆に、どんなに怖ろしいものでも正体をみきわめれば、等身大の迫力しかなくなる。とはいえ、脅威がなくなるわけではなく、危険でなくなるわけでもない。

知ることで消えうせたのは、無意味な恐怖心だ。それだけが、ムーミントロールたちと逃げまどう生きものたちを分ける唯一の相違点だ。が、その相違は大きな差を生む。あの臆病なスニフでさえ、自分は勇敢なんだと思えるくらい落ちついている。かれらが天文台で得た知識は、たんなる情報ではない。

たんなる情報なら、じゃこうねずみや教授のほうがよほど通じている。だが〈哲学者〉や〈教授〉は、ムーミン谷に衝突しようとしている彗星を、厄災をもたらす元凶、または美しい観察対象として分析するだけだ。この種の博識がひとを行動にかりたてることはない。ひるがえってムーミントロールは、知識を生きたものとして吸収し、現実の困難にたちむかう支えとする。

ムーミントロールたちが知識の獲得をつうじて身につけたのは、不安や恐怖を乗りこえる勇気だけではない。いまのムーミントロールには彗星が「ひとりぼっちで寂しいだろうなあ」と思いやる気持がある。最初のうちは、「彗星ってやつはね、頭がおかしくなってしまった寂しい星のことだよ。燃える尻尾を引きずりながら、宇宙を転がりまわっているのさ」と突きはなしていたスナフキンも、このころには「あんなに怖れられたら、だれだって寂しいだろうな」と、彗星の運命に同情さえ示す。

ムーミントロールたちの知識は、おとぎ話にでてくる魔法の呪文とはちがって、災難を解決するどころか、脅威をやわらげることさえしない。彗星の正体を知ったからといって、その軌道を谷からそらせるすべはない。多くのファンタジーでは、主人公の冒険や勇気が問題を解決する直接のきっかけになる。勇気と力で元凶の怪物を退治し、知恵をしぼって難問を解いて、ハッピーエンドをみちびきだす。とつぜん現れた魔法使いに助けられて、不可能な試練を乗りこえることもある。ところが『ムーミン谷の彗星』のムーミントロールの冒険や知識には、谷に壊滅的な猛威をふるう彗星のゆくえを左右する力はない。タイミングよく魔法を伝授してくれる助け手が現れるわけでもない。ムーミン谷が奇蹟的に救われるのは、たんに彗星の軌道がはずれたせいだ。

たいせつなものは偶然にゆだねられている。これもムーミン谷の重要なメッセージなのかもしれない。

ムーミントロール

Mumintroll

母親っ子の甘えん坊。初期の作品ではなにかとムーミンママに頼るが、独立独歩のスナフキンに憧れてもいて、自分もいつかはあんなふうに生きてみたいと思っている。九冊のシリーズを通して成長していくプロセスが描かれる。気だてがよくて、めったに怒らないが、感受性がゆたかで、そのぶん傷つきやすい。

どうしてぼくがわからない？

「だれもぼくの言うことを信じてくれないんだ！」とムーミントロールは叫んだ。「ママ、ぼくをようく見て。そうすれば、ぼくがママのムーミン坊やだとわかるはずだよ！」

ムーミンママはじっとみつめ、かれの怯えきったお皿のような眼をのぞきこんだ。それもずいぶん長いこと。それからしずかに言った。

「そうね、あなたはムーミントロールだわ」

その瞬間、かれの姿が変わりはじめた。眼と耳と尻尾は小さく、鼻づらとおなかは大きくなる。そして、みんなのまえには、輝くばかりのムーミントロールが立っていた。

「さあ、いらっしゃい」とムーミンママが言う。「ほらね、わたしの小さなムーミン坊や、いつでもあなたのことは見分けられるのよ」

『たのしいムーミン一家』

ヤンソンの制作メモには、ムーミントロールの特徴として、「単刀直入、自然を愛する抒情派、ふつう、ものしずか、子どもらしい、母親っ子、スナフキンを崇拝、情緒的」と記されている。いっぽうムーミンママのほうはしごく単純だ。「＝ハム」のひと言。つまり、家族や友人たちから「ハム」と呼ばれていた、作者の母シグネ・ハンマルステン・ヤンソンである。「母親っ子」ムーミントロールとムーミンママの結びつきは、初期の作品ほどはっきりみてとれる。「ママに相談しなくちゃ」「ママがどうにかしてくれる」がムーミントロールの口癖だ。一方、この引用にもあるように、ムーミンママもわが子のことを「ムーミン坊や」と呼んだりする。

＊＊＊

引用したムーミントロールの変身譚で、ムーミンママは決定的な役割を演じる。『たのしいムーミン一家』では、岩山のてっぺんに残された魔法使い（「飛行おに」）のシルクハットを、ムーミントロールたちが拾ってムーミン屋敷にもちかえったために、つぎからつぎへと珍騒動が起こる。魔法使いの所持品だけあって、魔法のシルクハットなのだ。中に入ったものを逆のものに変えてしまう。固い卵の殻はふわふわの雲に、凶暴でいじわるなアリジゴクはおどおどした小さな虫に、というぐあいに。もちろん、だれもそんなことは知らない。

そこでまず、パパがシルクハットをかぶってみるが、ちょっと大きすぎる（当時のパパはまだシルクハットを愛用していない）。似合うかなとたずねるパパに、「ええ、なかなか似合うわよ、もちろん、でも、そうねえ、もしかすると、ないほうがもっと格好いいかもしれないわ」とママが答える。ママは相手の気持を傷つけない話術の達人だ。ともあれ、パパの頭が小さすぎた、あるいはシルクハットが大きすぎたので、一瞬しかかぶらなかったのは幸運だった。おかげで、パパは軽い頭痛だけですんだ。

ムーミントロールはもっと深刻な影響をこうむる。かくれんぼの絶好の隠れ場所とばかりにシルクハットのなかにもぐりこみ、自分でもまったく気づかぬまに、似ても似つかない「おばけ」に変身してしまう。丸かったところは細くなり、小さかったものは大きくなって、正反対の姿かたちになってしまったのだ。おまけに、「きみはだれ？」と訊かれたムーミントロールが、いたずら心から「ぼくはカリフォルニアの王さまさ」と応じて、ことがややこしくなる。

＊　＊　＊

「きみはムーミントロールを知ってるのかい？」とスナフキンが訊いた。

「あはあ」とムーミントロールは言う。「そうとも言えるな！　こりゃ、いいや」。ムーミントロールはこのあたらしい遊びに有頂天になって、われながらうまい対応だと悦に入る。

「いつ知りあったの？」とスノークの女の子が訊く。

「ぼくたちは同時に生まれたのさ」と答えて、うれしさではちきれそうだ。「でも、やつは救いがたいうぬぼれやでね、知ってるだろ！　まず、まともな生活はできっこないな！」

「まあ、ムーミントロールのことをそんなふうに言わせないわよ」とスノークの女の子は怒って言う。「かれは世界でいちばんすてきなトロールで、わたしたちはみんな、ムーミントロールが大好きなんだから」

ムーミントロールはうれしくてたまらない。「ほんと！」と叫んで言った。「あのムーミントロールはね、どうしようもない厄介者だよ、ぼくはそう思うな」

＊　＊　＊

ムーミントロールの軽口を聞いて、スノークの女の子は泣きだし、スノーク、スニフ、スナフキンの三人は「カリフォルニアの王さま」に一斉に飛びかかる。「何本もの腕と尻尾と脚がごちゃごちゃにからみあったかたまり」に巻きこまれ、ぼこぼこに殴られて、さすがに温厚なムーミントロールも腹をたてる。ぼくがなにをしたというんだ、だいいち喧嘩をするにしたって、一対三とは卑怯じゃないか。だが、なにかが変だと気づく。これは〈ごっこ遊び〉なんかじゃないぞ。ところが、自分はムーミントロールだと言っても、だれも信用してくれない。

スノークの女の子は「ムーミントロールの耳は小さくてきれいなのに、あなたのは鍋つかみのようね」とばかにするし、兄のスノークは「ムーミントロールの尻尾はちょうどいい大きさだけど、きみのはランプ掃除のブラシじゃないか」と言う。スニフも調子づいて「きみの眼はまるでお皿だ、ムーミントロールのは小さくて愛敬があるのに」とたたみかけ、親友のスナフキンでさえ「そのとおりだな」と尻馬に乗る。しまいには、ふだんは穏やかなヘムルにまで「きみは詐欺師だ」と決めつけられてしまう。

ここではじめて、ムーミントロールは自分の変身に気づき、悲しみと怒りと驚きで茫然とする。自分が変わりはてたこともショックだったが、ひどい言葉を投げつける友だちの態度にもっと傷つけられる。こうなれば、ムーミンママに最後の希望をたくすしかない。ママならわかってくれるはず。はたせるかな、ママはムーミントロールをじっとみつめ、「そうね、あなたはムーミントロールだわ」と答える。と同時に、ムーミントロールはみるみる本来の姿に戻っていく。やせぎすのひょろ長い身体はふたたび丸くなり、鼻づらももとどおり丸く膨らみ、眼や耳はまた小さく愛らしくなり、もじゃもじゃの尻尾はほっそりスマートな尻尾になる。

この変身譚に、〈もうひとり《アルター》の自分《エゴ》〉のモチーフを読みとるのはたやすい。すべてを逆の姿に変える魔法のシルクハットが、表《ポジ》と裏《ネガ》をひっくり返し、本人にさえ隠されている蔭の部分をあらわにする触媒だとすれば、変身したムーミントロールは、いつものムーミントロールのアルター・エゴまたはネガといえよう。めったに攻撃性をむきだしにしないスナフキンをはじめとする、仲のよい友だちのうちに尋常ならぬ反発をひきおこしたのも、眼のまえの異形の生きものにたいして、かれらが言いようのない不安をいだいたからではないのか。よく知っているようでもあり、まったく知らないようでもある、得体のしれないふしぎな存在。これほどぞっとするものがあるだろ

うか。

いまだ自分の身に起きた異変に気づかないムーミントロールが、気のきいた冗談のつもりで「ぼくたちは同時に生まれたのさ」と応じるとき、互いの勘違いから生まれるちぐはぐな応答が笑いを誘う〈まちがいの喜劇〉を成立させつつ、そうとは知らずに真実を語っているわけだ。ムーミントロールの隠されたエゴ、かれ自身にも知られぬまま存在していたネガのエゴが、魔法のシルクハットという外的な刺戟をうけて表面化したのである。

自分の意志とは関係なく突発的に生じ、しかもムーミンママの手を借りて短時間で解けた今回の〈変身〉は、後期の『ムーミン谷の冬』や『ムーミンパパ海へいく』では、より深刻さの度合いをましていくアイデンティティの揺れを予見させる。揺れそのものは悪ではない。ネガのエゴをもたない〈おとな〉はいないし、アルター・エゴに気づかずにいるのがしあわせともかぎらない。おめでたいほどお人好しで明るいムーミントロールが、たとえシルクハットの魔法のせいだとしても、みるからに感じの悪い皮肉屋に変身しうるという事実は、この主人公にいっそうの深みと厚みを与えたといってよい。

ムーミントロールのエゴの揺れが、ムーミンママの認知の言葉でとりあえず収まるというのは、示唆的だ。『ムーミンパパ海へいく』でムーミントロールが〈うみうま〉への初恋をうちあけるのも、スナフキンが旅にでてムーミントロールが寂しがっていることに気づくのも、ムーミンママである。『たのしいムーミン一家』で、ムーミン屋敷に現れた魔法使いが、パーティの余興として、みんなにひとつずつ望みをかなえてやろうと言うと、ママはムーミントロールがこれ以上スナフキンの不在を悲しまないようにと願う。

「そんなにめだっていたとは知らなかったなあ」と、ムーミントロールは顔を赤らめるが、魔法使いのマントのひと振りとともに、メランコリーとせつない憧れが消え、かわりに「また会える日への期待」が芽生える。ムーミントロールは晴れやかな気分で、遠くを旅するスナフキンのもとに、ごちそうが山盛りのテーブルをそのままそっくり届けてくれと願う。

初恋の胸の痛みや親友の不在の悲しみを、ムーミンママという相談相手やふしぎな魔法の力を借りずに、ひとりで乗りこえることはできなかっただろう。しかし、ともかく試練を乗りこえ、ムーミントロールはたしかにひとまわり大きくなる。ナルシスティックな悲しみに閉じこもるのをやめ、ひとりで旅をする親友にパーティの歓びを分け与えたいと思う。ムーミントロールを気づかうムーミンママの配慮が、連鎖するように、ムーミントロールの心にもやさしい気持を生むのである。

このようにムーミンママは、直接的にせよ間接的にせよ、ムーミントロールの成長をうながす契機となる。ムーミントロールのネガ・エゴが顔をだして変わりはてた姿になったときも、ポジ・エゴを回復させるのはムーミンママのまなざしである。ムーミントロールがもっと生々しいかたちで、そしてほとんど独力で、〈もうひとりの自分《アルター・エゴ》〉と向きあわなければならなくなる日は、『ムーミン谷の冬』と『ムーミンパパ海へいく』を待たなければならない。

自分はいったいだれなのか

月の光がゆっくりと揺り椅子をこえて、応接間の床の上をさまよい、ベッドの真鍮《しんちゅう》の丸い玉をはいのぼり、まっすぐムーミントロールの顔を照らしだした。すると、最初のムーミントロールが冬眠をするようになって以来、かつて一度も起こったことのないことが起こった。ムーミントロールの眼がさめて、どうしても眠れなくなってしまったのである。『ムーミン谷の冬』

＊＊＊

ある冬の真夜中、ひっそりと寝しずまるムーミン屋敷の応接間に、蒼白い月の光が差しこんでいる。ムーミンたちは十一月から四月にかけて冬眠するのだが、「月光に顔を照らされた」ムーミントロールだけが眼をさまし、その後、冬眠に戻れなくなってしまう。

夏のムーミン谷を包みこむのが、ものみなすべてを養い育てる太陽の暖かい光と熱だとすれば、見わたすかぎりの銀世界と化したムーミン谷を照らすのは、蒼ざめた光を投げかける月である。月（とくに満月）が生きものに神秘的な影響をおよぼすというのは、古今東西を問わず広く認められる俗信だが、この作品でも月は決定的な役割を演じる。

〈魔法の冬〉とも訳せる『トロールの冬』という原題が示すように、なにが起きてもふしぎではない魔法《トローレリ》にみたされた季節、それがムーミン谷の冬である。夏（＝表）の世界に君臨する太陽が、何か月も顔を出さなくなる北欧の長く暗い冬、冬（＝裏）の世界をつかさどる月が、太陽の領域だった表の世界の日常をすこしずつ浸蝕しはじめる。

月の光をまともに浴びたムーミントロールは、冬のムーミン屋敷の日常である〈眠り〉から引きはがされ、まったく異質と思える世界にひとり放りだされる。子ども時代をまもなく終えようとするムーミントロールにおとずれたとつぜんの〈めざめ〉に、ひとつのステージからべつのステージへと移るための通過儀礼《イニシエーション》の表象が読みとれる。応接間の大きなタイルストーヴのまわりでは、家族たちが夏の夢にいだかれて屈託なく眠っている。白いカヴァーで覆われた家具、時を刻むのをやめて久しい柱時計、チュールに包まれた埃っぽいシャンデリア、月光がきわだたせる暗闇。心なごませるはずの見なれた応接間が、ふいに不気味でなじみないものに変わる。

文章をみごとに補完する作者による挿絵が最大の魅力といってよいムーミンシリーズだが、とりわけ『ムーミン谷の冬』では挿絵が重要な役割を演じる。たとえば、ムーミントロールが応接間にたたずむ巨大の挿絵では、どことなく怪しげで不吉な予感が、陰影あざやかな描線によって醸しだされる。

手前に描かれているのは、掛け布団をすっぽりかぶって眠るムーミンママだ。かろうじて耳だけがのぞいている。ベッドの枠にかけてあるのはエプロンだろう。左手にある大きな柱時計は、黒い前髪を逆立て、両腕を腰にあてた、つるんとした顔のおばけのようだ。右手にある鏡台も、白いカヴァーのかかったソファも、なんとなくいやな気配をたたえている。二階へとつづく階段は、上にいくほど濃くなる闇に呑みこまれていき、あの奥にはなにが隠れているのかと不安にさせる。凍った雪が貼りついた窓の向こうには、部屋を覗きこんでいるかのような満月が、寒々と暗い空に宙づりになっている。

そしてムーミントロール自身。逆光のせいで黒々と描かれ、床にくっきりと影を落とす。怯えたふたつの眼だけがいやに白く浮きあがる。この情景は、ムーミントロールの心のなかに結ばれた心象風景なのだろうか。いっしょに応接間で眠っているはずのムーミンパパやスノークの女の子の姿は、どこにもみあたらない。ムーミントロールがいちばん頼りにしているムーミンママでさえ、息子に背を向け、顔を枕にうずめて眠っている。表情のうかがい知れないムーミンママの寝姿に、ムーミントロールの孤独が読みとれる。

もちろんムーミントロールの最初の衝動は、ママを揺すぶって起こすことだ。さいわい、片耳はムーミントロールのほうを向いている（じつをいうと、その後の話の流れでは、ムーミンママは眠ったままでムーミントロールの質問に答えるという離れ業をやってのけ、この片耳はそれなりの役割をはたす）。そっと耳を引っぱったが、ママは眼をさますどころか、放っておいてよとばかりに、「無関心な丸いかたまり」になってしまう。「ママでさえ起きないのだから、ほかのひとはやってみるだけむだだ

Tove

な」と、ムーミントロールは覚悟をきめる。自分の家にあって、家族に囲まれているにもかかわらず、だれとも心を通わせることができない。ママもパパもしあわせな夏の夢をみている。なのに、自分だけぽいっと冬の世界に放りだされてしまった。ムーミントロールはいたたまれなくなって外に出る。

すると、見たこともない銀世界がひろがっていた。「ぼくが眠っているあいだに全世界が滅んでしまった。もうムーミントロールが生きられるような世界ではなくなってしまったんだ」とムーミントロールは思いつめる。あるいは、それよりもっと始末が悪いのは、「みんなが眠っているのに、ひとりめざめていること」かもしれない。

たとえ世界が滅ぶ日が迫っても、家族といっしょなら、どうにかなるさと思える。いままでだって、洪水だの、火山の噴火だの、彗星の衝突だのと、生命を脅かす危険にはこと欠かなかった。でも、いつだって家族みんなで力をあわせて、けっこう楽しく軽やかに乗りこえてきた。

けれど、その家族が当てにならないとしたら……。いまだかつてこれほど深刻な孤独を感じたことはない。『ムーミン谷の夏まつり』でパパやママと離ればなれになったときも、こんなに心細くはなかった。どんなに遠く離れていても、心ではママとつながっていると確信できた。なにがあってもママだけは自分のことを考えていてくれる、だからこそ、のびやかに外の世界に飛びだせたのだ。いま、息子に揺さぶられても眠りつづけるママの姿は示唆的だ。母と子の関係に本質的な変化が生まれようとしている、と思わせる。

世界が滅んで自分ひとりが生き残るという世紀末的な悪夢と、眠るひとびとのあいだで自分ひとりがめざめているという心理的な孤独、このどちらがより怖ろしい事態なのだろう。まだこの問いに答えることはできない。ムーミントロールは長い時間をかけて、この答を模索することになろう。いずれにせよ、いつまでも茫然としてはいられない。ふたたび長く快い眠りに逃げこむこともできず、「夏の夢にいだかれて丸くなって眠る」ムーミンママや、はるかな南の地を旅するスナフキンに泣きつくこともできない。自力でこの見知らぬ世界で生きていくしかない。かくて、ひとり〈めざめ〉てしまったムーミントロールの自分探しの旅が始まる。

報われない恋はつらい

ムーミントロールは〈うみうま〉たちのことを考えていた。なにかが起こったのだ。いままでにない思いをめぐらし、まるでべつなトロールになったかのように、ひとりでいるのが好きになった。ちかごろでは頭のなかでいろいろ想像して遊んでいる。そうしているほうがずっと愉しいのだ。想像していたのは、自分自身と〈うみうま〉たち、そして月の光について。月の光は、モランの暗さを背後にひかえていればこそ、いっそうあざやかに輝くのだった。

『ムーミンパパ海へいく』

＊　＊　＊

『ムーミン谷の冬』で自立への一歩をふみだしたムーミントロールは、この作品でまたすこしおとなになる。月夜の浜辺でかろやかに駆けまわるふたりの美しい〈うみうま〉に、生まれてはじめて恋をしたのである。スノークの女の子に感じるやさしい気持とはちがう。もっと甘やかで、もっと秘密めいていて、もっとせつないメランコリックな感情だ。

銀の蹄鉄《ていてつ》を浜辺で拾ったことがきっかけで、ムーミントロールは蹄鉄の持ち主の〈うみうま〉について想像をたくましくする。ほんの些細なことから想像がどんどん勝手に膨らんでいく。この年頃にはよくみられる症状だ。いつしかムーミントロールはまだ見ぬ〈うみうま〉に恋心をいだくようになり、だれにも自分の気持を話せないまま、秘密をひとりでかかえこんでしまう。いままでムーミンママに隠しごとをしたことがなかったのに、「どういうわけか、あの〈うみうま〉のことだけはうまく説明できない」。恥ずかしいとか照れくさいとかの意識があるわけではない。これが初恋だという自覚さえない。ただ、なんとなく言いだせない。

ところが、ある夜、月の明るい浜辺に姿を現したのは、ひとりじゃなくて、ふ、た、り、の〈うみうま〉たちだった。外見も性格もそっくりで、まったく見分けがつかない。「首飾りの花もおなじなら、小さな気どった頭も瓜ふたつだった」。ムーミントロールにも、どちらが自分の〈うみうま〉なのか、どちらが自分の拾った蹄鉄の持ち主なのかわからない。もっとも、そんな区別の必要もないことが、ほどなくはっきりする。

＊　＊　＊

〈うみうま〉たちは頭を高くもたげ、たてがみを風にそよがせ、きらきらと輝く大波のように尻尾を後ろになびかせながら、砂の上をあちらこちらと走りまわっていた。言葉にならないほど、美しく、かろやかに。〈うみうま〉たちにもそのことはわかっている。いかにも愛らしく、無邪気に、のびのびと戯れる。互いのため、自分自身のため、島や海のために。それはおなじことだった。

＊　＊　＊

かれらは互いのことにしか、つまり自分のことにしか興味のないナルシストだ。鏡に映った相似の映像のようなふたりは、けっしてひとりでは姿を現さないし、互いに補いあう内容の話しかしない。ふたりでひとりの人格を構成し、ひとつの完結した世界を作っている。ほかのだれかをその世界に招きいれる気など、さらさらない。

自分の美しさを確信しているナルシストのつねで、みずからの美しさにしか興味がなく、相手への思いやりはもちろん、相手にたいする具体的な関心すらもちあわせていない。だれかのために、なにかのために踊るのではない。なにをしても「それはおなじこと」、つまり自分のためにやっているのだ。徹底して自分にしか関心がないから、ムーミントロールが家族や友だちの話をしても興味を示さない。そのくせ、「きみはぼくが出会った生きもののだれよりも美しいよ」という賛辞には、うれしそうに反応する。

自分を称賛する文句しか耳に入らない〈うみうま〉と関わるには、かれらの美しさを賛美する言葉を連ねるしかない。ムーミントロールはけなげに、本気で、関わろうとするが、はなから相手にしてもらえない。真剣に関わろうとすればするほど、〈うみうま〉たちの自己完結的な世界から、ひとり閉めだされる悲哀がつのる。

しかし慰めもある。美しいものに自分を重ねあわせることで、かくありたいと願う自分の虚構のイメージをつくりだし、一時的にしろ、自己愛を満足させることができる。愛する対象との自己同一視、または同化と呼ばれる現象だ。〈うみうま〉を眺めているうち、ムーミントロールの自己イメージに変化が生じる。ふいに、自分もまた美しいような気がしてきた。かろやかで、心たのしく、すばらしい気分になり、砂浜に飛びおりて叫ぶ。「なんてすばらしい月の光だ！　なんてあったかいんだ！　ぼく、飛べそうな気がするよ！」

こんな昂揚《こうよう》した気分は長くはつづかない。〈うみうま〉たちはかれを無視して走りさってしまう。風船のように膨らんだ気持は、風船のように一瞬で弾ける。高まった分だけ、落ちこみもひどい。今度はうって変わって、自分が「ちびで、ふとっちょで、みっともない」と感じる。同化に失敗したときの反動は大きい。一方、〈うみうま〉のほうは、この素朴な崇拝者を「おちびさんのふとっちょナマコ」「ちっちゃいホコリタケ」と呼んではばからない。愛されていると知っている者の残酷さだ。

ムーミントロールはついに自分の報われない想いをママにうちあける。「ぼく、〈うみうま〉たちに会ったんだ。でも、かれらはぼくにちっともかまってくれない。ちょっとのあいだ、いっしょに走ってみたいだけなのに。笑ったり、走ったり、わかるよね……。かれらはほんとにきれいなんだ……」。

ママはまじめな顔でうなずいて、〈うみうま〉たちと友だちになれるとは思わないけど、だからといってがっかりすることはない、と答える。「かれらを見て、しあわせだと感じることができればいいのよ、きれいな鳥や風景を眺めるときのようにね」。

ムーミントロールが悲しい気分になるのは、美しい自然に接するように〈うみうま〉に接することができないからだ。きれいな鳥や風景を眺めるように愛するとは、見返りを求めずに愛することだ。とはいえ、自分の好きなひとに好かれたい、自分が愛するように愛されたい、できればひとりじめしたい、と思わずにいるのはむずかしい。慣れない経験であればなおさらに。

しかしママに秘密をうちあけて、秘密が秘密でなくなると同時に、危険な魅力が消えていく。呪縛を解かれたかのように、ふっとわれに返る。いつものように海辺に向かうが、〈うみうま〉に会うためではない。自分ひとりになるため、ひとりでいる歓びを味わうためだ。一歩一歩をふみしめながら、「暗闇と海の響きとママの言葉」に包まれて、いいようのない幸福感を味わう。そして、ゆっくりと岩山をくだり、〈うみうま〉たちの蹄が水しぶきをたてる音にも足をとめず、さらに汀《みぎわ》のほうへとおりていくのだった。身も心も「風船のようにかろやかに」。

ムーミンパパ

Muminpappa

子どもっぽい。ちょっと無理をしても責任を引きうけたがるが、すぐ挫折してむくれる。手先の器用さが自慢。〈家族の大黒柱〉を標榜するわりに放浪癖があり、シリーズを通じて何度も失踪する。ムーミン谷にいるときは、ハンモックに寝そべって「回顧録」の構想を練るのが日課。

〈パパ〉はつらいよ

八月の終わりのある午後、ひとりのパパが、庭をゆっくりと歩きながら、自分はなんの役にもたっていないなあと感じていた。なにをしていいのか、わからない。やるべきことはみなやってしまったし、さもなければ、いま、ほかのだれかがやっているにちがいないのだ。

『ムーミンパパ海へいく』

＊　＊　＊

『ムーミンパパ海へいく』はこんな出だしで始まる。のっけからパパの所在のなさとそこはかとなき挫折感が描かれる。あてもなく庭をさまようパパの「後ろから、尻尾が乾いた土の上をメランコリックに這っていく」。けだるい夏の終わりのヴェランダは、ニスの塗りなおしが必要で、熱で溶けかけてべたべたする床板を歩くと、「例によって、床のニスに足がくっつき、階段をあがって、籐いすにたどりつくまで、小さくぺちゃぺちゃと音がする。尻尾もまた床にくっつく。だれかに引っぱられているみたいに」。

ムーミンたちにとって、尻尾は心の状態をあらわすバロメーターだ。元気がいいときはぴんと立ち、浮かれた気分のときはくるりと丸くロゼッタ結びになり、悲しいときはだらりと垂れさがる。パパの驚いたときの口癖は、「いやはや、わたしの尻尾にかけて」である。そんなにもたいせつな尻尾が、溶けかけのニスに貼りつくなんて、最低の気分にちがいない。

おまけに日曜大工はパパの領分だ。手入れが悪くてべとつくヴェランダの床に、自分の怠慢を責められているようで、パパはますます不愉快になる。あたらしい桟橋をつくるとか、りっぱな堤防を築くとか、そういう大仕事なら、だれの眼にもはっきりとわかる。感心もされよう。感謝もされよう。だが、ニスの塗りなおしなんて、地味で苦労が多いわりには報われない。なにも支障がなくてあたりまえ、不都合があるときだけ話題になる作業というのは、なかなかつらいものだ。じつをいうと、こういうパパの不満は、家事を一手にひきうける多くの〈ママたち〉の不満でもあるのだが、もちろんムーミンパパは知るよしもない。「ムーミンパパが」ではなく「ひとりのパパが」という距離をおいた言いまわしは、おそらく、この本の献辞の「あるパパへ」に呼応している。これは〈パパたち〉に捧げられた物語なのかもしれない。でしゃばらないが肝心なときには頼りになるママ。そこぬけに楽観的でどんな面倒なことも楽しくやってのける才能のあるママ。もちろん、ママはことあるごとにパパをたてるし、みんなもパパが大好きだ。そうはいっても、ムーミン谷の生活がママを軸に営まれていることは否めない。

だれもがほんとうに頼りにし甘えているのはママであって、この自分ではない。そうムーミンパパは感じ、おそらくは根拠のない疎外感に悩む。この自信喪失の一歩手前で悶々《もんもん》としているムーミンパパの姿に共鳴する〈パパたち〉も少なくないだろう。その意味で、とりわけこの本はおとなのため、もっといえば、世のパパたちのために書かれたといってもよい。

自分は無用の長物なのかというパパの疑念は、一見とるにたりない事件で表面化する。ムーミンママとムーミントロールが勝手にボヤを消してしまったのだ。ちっぽけな火花みたいなもので、パパを起こすまでもないと思ったママが、「たまたま水のバケツをもって通りかかったので、ついでにちょいと水しぶきをかけて消しといた」のだ。息子のムーミントロールまでが母親の肩をもつような口ぶりだ。昼寝をしていたパパを起こすまでもない小さなボヤだったから、ママとぼくのふたりで処理したんだよと。

パパの失望と怒りは大きい。どうしてわたしに相談しないのだ。八月の火事の怖ろしさをあれほど言っておいたのに。たいした火事ではなかったからだと？　たいした火事かどうかは、火消しのプロであるこのわたしが決めるのだ！　いやいや、まだ安心はできないぞ。今夜ひと晩は焦げ跡を見張っているべきだ。どんなにちっぽけな火でも軽んじてはならない。とくに苔を焦がしたときはな。苔のじゅうたんに隠れてくすぶりつづけていても、ちょっと見たくらいではわからないのだから。

こうしてパパは、午後じゅう小さな黒焦げを睨んですごし、夕食にも姿を現さない。「ただ、傷ついていたかった」のだ。自分が傷ついていることをみせる、つまりほかの者にそうなのかと察してもらうことで、ある程度は傷が癒《い》える。ただし、表面上の解決にすぎない。そもそも問題の在《あ》りかさえはっきりしていないのだ。

パパ自身にも、自分がなぜ怒っているのかわかってはいない。一人前のおとなにしては子どもっぽいところがあるが、単純に子どもっぽく振るまうには分別がありすぎる。だから、怒りを爆発させたくてもできずに、じめじめと内向してしまう。ムーミントロールもママもパパの態度にびっくりはするが、そのうち収まるだろうと呑気にかまえている。パパがときどきわけもなくメランコリーになるのは、いまに始まったことではないからだ。

ただ、ちびのミイだけがことの深刻さをみぬき、怖るべき洞察力を発揮して、こう言いはなつ。「怒るんなら怒ればいいのよ。だれだってときには頭にくるし、どんなちっぽけなクニットにも、腹をたてる権利はあるもん。だけどパパの怒りかたはよくない。ぱっと表にださずに、うちにこもっちゃってさ」。

やがてミイの言葉が呼び水になったかのように、物語はあたらしい展開を迎える。パパの煙草畑にささやかな焦げ跡を残した火花は、ひそかにパパの胸の奥に飛び火してくすぶりつづけ、しだいに大きな焔となっていく。そしてついには、なに不自由のないのどかな谷の生活を捨てて、水平線もはっきりしない、はるかな沖にぽつんと浮かぶ孤島に、家族のみんなを引きつれて移りすむというパパの決意を生む。

ムーミンママの領分であるムーミン谷を離れ、ムーミンパパの領分（であるはず）の大海原に乗りだすことで、もう一度、パパとして、個人として、いちから生活をたて直そうとしたのである。それは、穏やかすぎるムーミン谷で日々失われていくとみえる自信と誇りをとりもどそうとする、ムーミンパパ一世一代の賭けであった。

家族を守るのはわたしだ

だいぶ暗くなってきた。ふいにガラス玉のなかに、あたらしいなにかが現れる。灯りがともった。ムーミントロールのママがヴェランダで灯りをともしたのだ。夏のあいだは一度も、そんなことをしなかったのに。燃えているのは灯油ランプだ。とたんに、居心地のよさが、あるひとつの点に集められる。その一点は、ほかのどこでもないヴェランダの上にあり、ヴェランダの上にはママが坐っていて、家族が帰ってくるのを待っている。みんなに紅茶をふるまうために。

水晶玉は色あせ、蒼さは翳《かげ》って、ただの闇になり、ランプのほかはなにも映らなくなってしまった。

『ムーミンパパ海へいく』

この水晶玉はムーミンパパの心の拠りどころだ。気分が滅入ったりすると、パパはこの「きらきらと輝く蒼い魔法の玉」をのぞきこんで自分を慰める。いかにも一家の主らしく自信たっぷりで落ちついてみえるパパも、じつはかなり気弱なところがあって、おまけにたいそうな寂しがりやである。周囲からじゅうぶんに注目されていないと感じると、かんたんに落ちこんでしまう。

＊　＊　＊

ムーミンママは楽しげに、しかもてきぱきとたち働き、ムーミントロールは例によってひとり遊びに熱中し、ちびのミイときたら、眼にもとまらぬ軽やかさでそこらを駆けぬける。それぞれが自分のことで忙しい。パパはちょっと不満だ。だれもかれもが日常のこまごましたことにかまけて、うち向きで、自分ひとりの世界に閉じこもっている。なんだかつまらないなと思う。

パパの日課といえば、ヴェランダで新聞を読むか、庭に吊るしたハンモックで昼寝をするかぐらいのものだ。ありていにいうと、パパには仕事らしい仕事がない。そもそも職業という概念は、ムーミン谷にはなじまない。気が向くと、ものを書いたりすることもあるが、四六時中インスピレーションがわくとはかぎらない。一行をものにするために、ハンモックで一日じゅう思索にふける必要だってある。創作をめぐる思索は、たいてい数十分後には昼寝にとって代わられるとはいえ、〈芸術家〉というのは楽じゃない。

そんなわけで、自分ひとりが手持ちぶさたで、とり残されていると感じてしまうこともある。するとパパは水晶玉を眺めにふらりと庭に出ていく。しかし、すぐにのぞいたりはしない。慰められるときの喜びは、悲しみの大きさにきっちりと比例するから、まずもってできるだけ悲しみを膨らまさなければならない。だから全力をあげて悲しい気持にひたる努力を惜しまない。そこで、「まずは自分の煤《すす》まみれの手をじっとみつめ、はっきりとかたちをなさず、つかみどころのない悲しみを、根こそぎかきあつめるのだ。心が思いきり重苦しくなったころをみはからって、慰めを得るために、急いで水晶玉のなかをのぞきこむ」のである。

「煤まみれの手」がなぜ悲しみを醸しだすのか。さっきボヤをだした苔のあたりを、延焼しないようにこの手でかきむしってきたからだ。そして、そのボヤは、パパの妄想によると、家族にないがしろにされている証にほかならない。だから、ボヤの残滓《ざんし》

である煤にまみれた汚い手は、パパを思いっきり悲しみのどん底に突きおとす。

ムーミンママもムーミントロールもちびのミイも、それぞれがマイペースで生きているが、パパの蒼い水晶玉のなかでは「どれもこれもびっくりするほどちっぽけで、途方に暮れてやみくもに右往左往している」。なにしろパパの考えでは、水晶玉こそが「庭の中心であり、ムーミン谷の中心であり、いやいや、世界の中心であるとさえいってよい」のであり、そこに映る家族の姿こそが真実なのだ。そんなわけで、はかなく頼りなげな家族の姿をのぞきみるのが、パパの夕べのひそやかな愉しみとなる。かれらを守ってやらねばなるまい。それがわたしの務めなのだ。そう思うことで、パパの自負心はしばし満たされる。

ところが、そんなパパの愉しみと自負をやどす水晶玉の蒼い光は、ママがともしたランプの灯りによって、あっけなくかき消されてしまう。こうしてムーミン谷の中心が、蒼い光をはなつパパの水晶玉ではなく、まわりに暖かい光の輪を投げかけるママの灯油ランプであることが、否応なくはっきりする。ランプの光のとどく範囲は限られているが、すくなくとも光の輪の内部にはたしかな安心がある。しかし裏返せば、「身をよせあう仲間うちの小さな世界」をまとめあげる光の輪の外には、「得体の知れないあやふやな」世界がひろがっている。その境界線上に、「いよいよ高くへ、いよいよ遠くへと押しやられ、ついには世界の端にまで追いやられてしまう」暗闇が積みかさなっていく。

光の輪のとぎれるその先の闇のなかにたたずむのは、たとえば、モランである。彼女が土の上に一時間ばかり坐ると、土が怖ろしさのあまり死んでしまい、もう二度とそこからはどんな草花も生えない、と噂される。この「孤独をかたどる巨大な灰色の影」が、ママが灯油ランプをともしたその晩、明るい焰に誘われてムーミン屋敷の窓辺にやって来る。もちろん部屋のなかでは大騒ぎになり、ヴェランダのランプは奥に引っこめられる。めったに動じないムーミンたちもモランだけは怖いのだ。

ただし、ムーミンママとムーミンパパの反応はかなりちがう。だれもがモランを怖がるなか、ムーミンママはモランに一定の理解を示す。たしかに、モランは庭に坐りこんで植物をだめにする。それは、植物や花を愛するママにとって、たいへん困ったことだ。みんながモランを怖がるのは、モランが寒さや暗闇を連想させるせいで、だからといってモランが危険な生きものだと決めつける必要はない。

「危険ではないだと」とパパは憤慨する。あれほど危険な生きものはいない、だが、わたしが寝ずの番をしておまえたちを守ってやるから、安心しなさい、とパパは胸をはる。パパのしおれかけたエゴにとって、モランはムーミンパパというヒーローが輝きだすためのカンフル剤となるかもしれない。ところが、だれもパパが期待するほどにはモランを怖がらず、バリケードをこしらえて不寝番をしようというパパの申し出は、丁重に無視される。

「そりゃ、けっこう！」とパパは火かき棒を暖炉のすみに戻す。「けっこう！　あいつはちっとも危険じゃない？　なら、おまえたちも守ってもらう必要がない。じつにめでたい！」。凶暴で怖ろしい敵にもひるまず、身を挺して愛する家族を守る、というパパのロマンティックな計画はがらがらと崩れ、膨らみかけたエゴはまたしてもしぼんでしまう。パパたるプライドを維持するのは、なかなか大変なことなのだ。

すべては生きている

パパはヒースの茂みのなかに横たわって、地面に耳を押しつけた。島の心臓が打つ音が聞こえる。岸辺に砕ける波をつらぬいて、地中の奥ふかくで、ひとつの心臓が打っている。にぶく、やわらかく、計ったように。

島は生きている、とパパは思った。わたしの島は樹や海とおなじように生きている。すべては生きてるんだ。

『ムーミンパパ海へいく』

＊　＊　＊

島に来てからというもの、ムーミンパパの威信回復の試みはことごとく挫折する。この島を選んだ理由のひとつは、そばを通りすぎるボートを守り導くために、光のシグナルを送る灯台守になることだった。父親として家族の尊敬をかちとるだけでなく、いままでの自分に欠けていたもの、つまり社会的な責任を引きうけることを望んでの移住だった。なにか具体的なかたちで、家族にたいしてのみならず、ひろく社会一般にとっても、自分は有用な存在なのだと実感したかったのだ。

灯台守とは、すくなくともパパの考えでは、秘密をいっぱい隠しもつ海を知りつくし、自由奔放な海を支配する者である。ただ好き勝手に動いているかのような海を手なずける、なんてすばらしい任務だ、とパパは思う。はるか沖に浮かぶ孤島への移住という、一見ひどく内向きな行為は、パパ自身が意識しているかどうかはともかく、より大きな外の世界へと開かれた選択だったといえる。

しかし、肝心の灯台の点灯法がわからず、もくろみはのっけから頓挫《とんざ》。ふだんはけっして手放さないトレードマークのシルクハットを、灯台守のくたびれた古帽子にとりかえるほどの熱の入れようだったのに。期待が大きかったぶん、失敗したときの落胆も大きい。こんなみじめな思いをするために、わざわざ島にやって来たのではない。こんなことで挫けてたまるかと気をとりなおし、つぎつぎとあらたな使命に燃えるのだが、すべてがみごとに失敗する。「パパの海はどうしてパパにこんな意地わるな仕打ちをするのかしら」と、ママも気が気でない。

重い岩をたくさん転がしてつくりあげた防波堤は、一晩の嵐であっけなく流されて跡かたもない。崖を転がりおちていく巨大な岩を眺めおろしながら、「身のうち震えるような緊張感と誇り」をおぼえたというのに。あの涙ぐましい努力も力仕事を終えたあとの達成感も、ちょっとした海の気まぐれで吹っとんでしまう程度のものだったのか。パパはしばらく口もきけないほどがっくりする。

家族の食料を確保しようと沖にしかけた網には、魚ではなく海草がどっさりかかる。海草をとりのぞく作業にはゆうに三日はかかるだろう。ヘマの後始末を自分でやるのはみじめだ。パパはやりたくない。けっきょく網をきれいにしたのは、ムーミンママとムーミントロールである。勝手に突っ走って勝手に落ちこんでしまうパパに振りまわされながらも、ママもムーミントロールも協力は惜しまない。ふたりともパパが好きなのだ。

しかけ網がだめなら釣りでいくさと、パパは網を釣り竿にとりかえる。これがなかなかの上首尾で、くる日もくる日も釣りにでかけ、意気揚々と獲物を家にもちかえるのが日課となる。パパは有頂天だ。魚と釣り以外に興味はなくなり、家じゅうの瓶が酢漬けの魚でいっぱいになっても、釣りにいくのをやめない。孤島での食料調達という父親にふさわしい仕事をようやく見つけたのだ。ところが、ある日、ママがなにげなく「魚が多すぎて酢漬けにしても追っつかないわ」とかなんとか、つい口をすべらせてしまう。もちろん悪気があったわけではない。だが、パパの釣り熱は一挙にさめる。

つぎにパパの情熱は、島の真ん中にある〈黒池〉と名づけられた深い水に向けられる。「めまいがするほど深いトンネル」で海に通じているのか、海への出口には得体のしれない怪物が棲んでいるのか、それともどこまでもつづく底なし沼なのか。この神秘的な黒い水の正体をつきとめることが肝要だ。これぞほんとうに有意義な仕事であって、この重要な研究のまえには、灯台守の仕事も、防波堤づくりも、食料確保の釣りも、たあいのない子どもだましの遊びにすぎない。

パパは〈黒池〉の調査に乗りだす。体力仕事がうまくいかないなら、知性で勝負とばかりに、勢いこんでいる。労を惜しまぬ日々の調査の結果、パパの「観察手帖」の〈仮説〉の項目はどんどん膨れあがるが、困ったことに〈事実〉の項目がちっとも増えない。しかも〈事実〉の項目に記したことがらは、調査をはじめるまえから知っていたものばかりで、肝心なことがらは証明する手立てがないので〈仮説〉の項目に入れるしかない。パパはいいかげん「わからないことだらけなのにうんざりして」くる。

海を好きになるには、海が服している法則をきちんと把握しなければならない。パパはそう思っている。そして海を好きになれないかぎり、自分はしあわせな気持になれないとも。しかし、調べれば調べるほど、わからないことだけが増えていく。ある日、ムーミンパパはふいに悟る。つまり、海は生きもので、考えることができ、やりたい放題のことをするということを。これが海の秘密、パパがあんなに知りたいと思っていた秘密だったのだ。〈黒池〉で息をしているのも、防波堤を押し流したのも、網を海草だらけにしたのも、生きた海のなせるわざなのだ。

パパはしずかに考える。なるほどそうか、島のことも、〈黒池〉のことも、海のことも、すべてをあまりに堅苦しく理解しようとしたから、かえってわからなくなっていたのだ。すべては生きている。おそらくそれぞれにりっぱな法則があるのだろうが、自分がそれをみな把握しようと考えるのはまちがいかもしれない。そんなときパパの耳に、地の底から「にぶく、やわらかく、規則的に」ひびく島の鼓動がとどく。島は怖れているのだ、とパパは直感する。なにを怖れているのかはわからないが、死ぬほどの恐怖でちぢみあがっているらしい。こいつは海と話をつけねばなるまい、とパパは決意する。嵐の海に向かって、そして半分は自分自身にも言い聞かせるように、パパはきびしい口調でつぎのように諭した。

＊　＊　＊

きみは相手を威圧しようなんて思うには大きすぎるよ。きみにはふさわしくないな。ちっぽけな弱虫の島を脅かすのが、きみにとってそんなに重要なことかい？　島はそうでなくても、じゅうぶんにつらいめにあってるというのにさ。その島がこんなはるかな沖に浮かんでいる、そのことをありがたいと思うべきだな。あの島がなかったら、きみには自分とくらべる相手もいないじゃないか。岸に砕ける波がなくても、やっぱりたのしいと思うのかい？　よく考えてみるんだな。（……）

きみがわかっていないことがひとつある。きみはこの島の面倒をみるべきなんだ。自分はえらいんだぞと威張りちらすかわりに、この島を守り、慰めてやるべきなんだよ。わかるかい？（……）

きみはわたしたちにもおなじようなことをした。あらゆる手をつかっていじめてくれたが、そうはうまくいかないさ。わたしたちは切りぬけてきたからね。わたしはきみを理解しようとしたが、きみにはそれが気に食わなかった。それでも、わたしたちはともかくこの島で生きてきたのさ、そうじゃないかね？（……）わたしがこんなことを言うのも、ただ、そうだな、まあ、きみが好きだからさ。

＊＊＊

海はなにも答えなかったが、パパが足もとを見ると、厚みが二インチはあるりっぱな板が一枚、また一枚と海辺に流れてきた。これは海からの贈りもの、謝罪のしるしなのだ。パパは海と和解し、海の気まぐれを許し、心の底から海が好きになる。海がやることはいちいち理解をこえるが、海が好きならたいした問題ではない。生きものというのは予測しがたい動きにでる。それが醍醐味でさえある。だから、「もう海についてあれこれ悩むのはやめたの？」とミイに訊かれて、とんでもないねとパパは言いかえす。「おまえがばかをやらかすからといって、わたしがおまえのことで悩まなくなるとでも思うかい？」

パパが海を、闘って力でねじ伏せるべき敵とみなしていたあいだは、海を好きになることも、自分はしあわせだと感じることもなかった。おなじように、家族を守るという大義名分のためではあっても、わたしがすべてをとりしきるのだ、わたしが家族の尊敬を一身に集めるのだと、自分が自分がと思いつめていたあいだは、家族のほんとうの信頼を得ることも、たしかな生きがいを感じることもできなかった。海も家族もおなじだ。相手のすべてを理解したいと望むのは、それが支配欲や独占欲とむすびつくとき、海のすべてのメカニズムを知りたいと思うのとおなじくらい、危険で、おそらくは不毛な誘惑となる。

海を支配したい、家族を意のままにしたいという、身の丈にあわない野心から解放されて、パパの肩から大きな荷がおりる。そうか、自分ひとりでがんばる必要はないのだ。海の測り知れない優越を文句なく認めると同時に、自分を「ちっぽけな弱虫の島」と同列におくことで、自分の小ささをうけいれる。けれども、どんなに小さくても小さいなりにがんばってきたんだ、自分をかぎりなくこえる茫洋《ぼうよう》たる海を理解しようとしたんだと、最後まで主張はゆずらない。こうして、自分をさんざん悩ませた海を好きになると同時に、それぞれが個性的な家族のひとりひとりを、そして完全無欠のパパではないが、それほど捨てたものでもない自分を、ムーミン谷にいたときよりもずっと自然に、ずっとすなおに、好きだと思えるようになったのである。

ムーミンママ

Muminmamma

どんなときにも慌てず騒がず、頼りになる。すばらしく楽天的で、たいていの困難は苦もなく乗りこえる。モノに愛着を感じても執着はしない。だれよりも自由な精神の持ち主かもしれない。すべてを受けいれ、すべてを丸く収めてきたママだが、寂しい孤島で暮らすうちに、生まれてはじめてエゴの葛藤をおぼえる。挿絵画家として家族の生計を支える一方、家族の世話も一手に引きうけていた作者の母シグネがモデル。

ママはどうしてママなのか

島がその根っこを離れて、そして——ある朝とつぜん、ふるさとの桟橋の沖あたりをゆらゆらと漂っているとしたら、どうかしらね。それとも、もっとはるかな沖へ沖へと滑るように流されていって、何年も漂ったあげく、つるつるのお盆の上のコーヒーカップのように、世界の端っこから転げおちてしまったとしたら……。

このアイデアはたぶんミイの気にいるわね、とママは考え、くすりと笑った。あの子、夜はどこで寝ているのかしら。それにムーミントロールも……。ママたちもおなじように、好きなときにぷいと出ていって、家の外で寝られないのは残念だわ。ほんとうはママたちこそ、たまにはそういうことが必要なのにね。

『ムーミンパパ海へいく』

ムーミンパパの思いつきで、海の真ん中にぽつんと浮かぶ小さな島に、家族ぐるみで移りすんで、かなりの時がたった。しかしムーミンママは、島にも家がわりの灯台にも、なかなかなじめない。パパがムーミン谷にいる自分をよそ者だと感じたように、ママはママで、海に囲まれた灯台のある孤島ではくつろげない。まるで立場が逆転したかのようだ。

そもそもママはこの移住に乗り気ではなかった。「居心地がよすぎるといって、憂鬱になったり腹をたてたりするのも変な話ね」とひそかに思う。しかし、そこは根が楽天的なママのこと、しかたがないから、としぶしぶ受けいれるのではなく、「せっかくなら、最初からもう一度やりなおすのがいちばんよね」と、前向きにとらえようとする。

＊＊＊

とはいえ、現実はそんなに甘くない。庭いじりの好きなママには、まともな土さえない岩島を居心地がよいとは思えない。紅茶を飲むヴェランダもなく、身も心も温まるタイルストーヴもなく、母親からゆずりうけた家財もない。むきだしの白い壁が眼にしみる殺風景な部屋しかない灯台を、どうしても楽しいわが家とは思えない。言葉にならない焦燥感がつのっていく。

ある夜、ママはふとめざめ、もの思いにふけりはじめる。沖から吹きつける風が開けっぱなしの窓を揺さぶり、蝶番をきしませる。ママは自分がとてもちっぽけな存在だと感じる。陸の孤島といってもよいムーミン谷は、あまりに茫洋《ぼうよう》としてとらえどころのない大海とくらべて、比較にならないほど限られた空間だった。はじめて島に上陸して、高くそびえ立つ灯台を見あげたときとおなじように、ママはあらためて自分の小ささを意識する。

ママはムーミン谷の花咲く林檎の樹のことを考えようとする。けれど眼のまえに浮かぶのは、白く波だつ海、灯りを消すと部屋のなかにまで入りこんできそうな、水平線さえ定まらずどこまでもはてしなくひろがる海だ。やがて、世界中がなめらかな液体となって、ついには部屋までがゆったりと漂いはじめ、灯台を乗せた島ごとムーミン谷に帰りつく……。もはやママ自身にも、幻想と現実の境がつかなくなる。

家族ぐるみで灯台に引越したとはいっても、いまも灯台をねぐらとしているのは、ママとパパのふたりだけ。ちびのミイは最初から灯台には住んでいない。到着してまもなく、みんながあたらしい家になる灯台に荷物を運びこもうとしていたとき、ミイは灯台の扉にくるりと背をむけ、こう宣言した。「あたしは外で寝る。もちろんベッドなしでね。ベッドってばかみたいだもの」。

その言葉にたがわず、ミイはどこかに住みかをみつけ、悠々自適の生活を送っている、らしい。気が向けばふらりと灯台に現れるが、どこでなにをしているのか、だれもなにも知らない。慣れない環境で右往左往するほかの三人とちがい、ミイだけはどんな状況にもさっさと適応し、変化を心ゆくまで愉しんでしまう。身体はママの裁縫カゴにもぐれるほど小さいが、体力的にも心理的にも、だれよりもタフでハードボイルドだ。

ミイの独立心はムーミンパパも認めている。『ムーミンパパ海へいく』の第一章で、パパはミイをこう描写する。「むこうでは、ちびのミイが坂をさあっとかけあがっていく。もっとも、動きがみえただけで、姿がみえたとはいえない。意志と自立をあらわすなにかが、ちらっとかいまみえたにすぎない。とんでもなく独立心にあふれた子なので、自分をひけらかす必要さえ感じないのだろう」。

一方、ムーミントロールが灯台を出て、自分ひとりの秘密の隠れ家に移りすむのは、

しばらくあとの話だが、この引越が〈うみうま〉に恋する時期と重なるのは偶然ではない。恋心のめざめと自立への欲求はむすびつき、おとなへの第一歩を準備するのだ。

ともあれ、自分を中心に結束して新天地を切りひらいていくフロンティア家族という、ムーミンパパが夢に描いていた理想の家族像は、ふたりの子どもが独立することで、はやばやと足元から崩れはじめる。それでも、いや、だからこそよけいに、ムーミンパパは島での生活を自分でとりしきろうとする。

灯台に灯をともすのも、防波堤をつくるのも、桟橋をつくるのも、釣りで家族の食料をまかなおうとするのも、島の真ん中にある〈黒池〉の調査をするのも、ようするにパパが重要だと考えることはすべて自分の仕事だと言いはり、ぜったいにママに手出しをさせない。もちろんパパとしては、ママを気づかっての配慮であって、ママを疎外しているつもりは毛頭ない。愛するパートナーを荒々しい大自然から守る西部劇のヒーローになりたいだけなのだ。

しかし、慣れ親しんだムーミン谷ならいざしらず、ごつごつした岩だらけの島と灯台の生活にとけこめないムーミンママの心に、自分はなんのためにここにいるのかという疑問が忍びこんでくる。だいたい、なぜ母親だけがなにか特別な存在のようにみなされるのか。家族がみんなばらばらに好き勝手に暮らしているのに、なぜ自分だけが「いつも変わらぬムーミンママ」でいることを求められるのか。

ほとんどママを必要としていないかのように振るまうパパ、所在もつかめないムーミントロールとちびのミイ。島に来てみるみる変わっていく家族の関係をみなおすうちに、ムーミン谷では考える必要すら感じなかった疑問がわいてくる。自分にとって家族とはなにか、妻であるとは、母であるとは、どういうことか、そもそも自分はなにものなのか、という古くて新しい問いである。

その意味で、『ムーミンパパ海へいく』は、ムーミンパパのパパとしての威信回復の試みの物語であると同時に、「根っこから離れて漂いだす」島のように揺らぎだした、ムーミンママのアイデンティティ再発見の物語でもあるといえよう。

絵筆の楽園に逃げこんで

わたしたちは囚われの身なのね、とママは混乱する頭で考えた。いやだ、魔法の輪《トロールシルケル》じゃないかしら。怖い。家に帰りたい……。このいやなからっぽの島と意地わるな海を離れて、もうこれをかぎりに家に帰りたい……。ママは林檎の樹に両腕を巻きつけて、眼を閉じた。樹皮はざらざらして温かい。海の音が消える。ママは自分の庭に入りこんでいた。

『ムーミンパパ海へいく』

＊　＊　＊

茫洋《ぼうよう》としてひろがる海と空。そのなかにぽつんと浮かぶ消えいりそうなパパの島。

ここで暮らすようになってからというもの、ムーミンママの日常のリズム（と心のバランス）がすこしずつ壊れていく。昼間はぼんやり放心しがち、夜は夜で眠れない。ひとりごとを言う。ふだんは片時も離さないハンドバッグをおき忘れる。ひとの話に注意を払わなくなる。こうしてママは日ましに内向的になっていく。

ママの内面の変化をうかがわせる兆候はいくつかあった。島の真ん中にある〈黒池〉の調査に乗りだしたムーミンパパに、なにか手伝いましょうかと申しでると、「いいよ、これはわたしの仕事だからね」と断られる。パパはいそいそと外にでていき、灯台にひとり残されたママは、テーブルのそばに腰をおろし、だれにともなく声をあげて笑う。「へえ、そりゃいい。くそいまいましいくらい、けっこう！」と。ふだんのママならこんな乱暴な口はきかない。さすがに言ったあとでわれに返って、あたりを見まわすが、もちろんだれもいない。このからっぽの空間には、いやになるくらい、だれもいないのだ。ムーミントロールやミイは、いったいどこにいるのか。食事どきにふらっと現れて、またそそくさとどこかへ消えてしまう。もともとなにを考えているのかわからないミイはともかく、いままではなんでも話してくれたムーミントロールまでが、なにやら秘密をかかえてこそこそしている。パパはパパで自分だけの遊び（釣りだの調査だの）に没頭している。しかもママと愉しみを分ちあう気もない。

象徴的なのは、せっせと〈黒池〉の調査に没頭するパパと、手持ちぶさたで岩山の上にちょこんと坐っているママの、対照的な図柄である。パパとママのあいだには、切りたった岩山と黒くよどむ水が象徴するように、深くて暗い淵が穿たれている。近くにいるが、心はばらばらだ。パパはすっかり〈黒池〉の秘密に魅了され、ご自慢のマイホームである灯台にいるのは、食事をするときと寝るときだけだ。だれにも当てにされない生活というのは気が抜ける。ムーミン谷ではひとに頼られて世話をやくのに慣れていたママだけに、こういう状況におかれたときの虚脱感は深い。

がらんとした灯台には、片づけが必要なほどのスペースも品物もない。ムーミン谷を出帆するとき、ボートに積めるだけ積みこんできた荷物も、新居に運びこんでみるとたいした量ではない。瓶に入った酢漬けの魚が材料では、料理の腕もふるいようがない。大好きな庭いじりをしようにもこの岩島には庭がない。土さえない。土がわりに岩の隙間につめこんだ海草は、このあいだの嵐で流されて跡かたもない。

ムーミンパパもムーミントロールも自分の問題で精いっぱいで、ママの深刻だがひそかに進行する悩みに気づく余裕がない。とうぜん話し相手にもならない。かといって灯台守が残していったジグソーパズルはやりたくない。寒々とした灯台の壁に囲まれて、ピースをあちこち動かしていると、ますます「ひとりぼっちを意識させられる」。

やがてママは、浜辺に打ちよせられる流木を拾いあつめては、のこぎりで挽きはじめる。くる日もくる日も、朝から晩まで、せっせと挽く。まわりに半円状に積みあげられた薪の山がどんどん大きくなり、のこぎりを挽くママの姿を隠すまでになる。かろうじて見えるのは耳の先だけ。ママはこの「閉じられた自分だけの空間」に身をおくことで、ひさしく失われていた心の平和をとりもどし、ともすれば崩れようとするはかないバランスを保とうとしたのだ。

最初はパパも驚いて、こんな力仕事は自分の役目だから代わるよと言った。ところがママは怒った、めずらしく。「これはわたしの仕事なの。わたしだって遊びたいわよ」。ママが丹精こめて積みあげた薪の山には、熱帯アメリカ原産のジャカランダやブラジル原産のローズウッドも混じっている。いまは葉も根もないつるつるの丸太でも、かつては土のなかに根をおろし、葉を茂らせ、実をみのらせていた生命力あふれる樹だったのだ。気の遠くなるほど長い旅路をへて、世界の果てに位置するかのようなこの島に流れついたにちがいない。ママは自分と流木の運命とを重ねあわせているのだろうか。

つぎにママの情熱は、灯台の白壁にペンキで絵を描くことに向けられる。描くものは決まっている。大きな緑色の果実をつけた林檎の樹、真っ赤な薔薇の花、白い貝殻で縁どりされた花壇、そしてムーミン屋敷のヴェランダ。殺風景な壁に花咲くムーミン谷が再現されていく。そのほかに描かれているのはママ自身の姿だけだ。「自分だけじゃなくて、たまにはほかの者も描こうという気にはならないの」と言うミイに、「だってあなたたちは島にいるじゃない」とママは答える。ムーミン谷はママだけの楽園となったのだ。

そしてある日、ママは自分が描いた二次元のムーミン谷、ママの孤独と憧れを養分にして生い茂った人工楽園にするりと入りこんでしまう。絵に描いた林檎の樹なのに、樹皮はざらざらと手応えがあり、温かさが伝わってくる。ママは灯台の壁を通りぬけて〈あちら側の世界〉の住人になったのだ。だから、お茶の時間に灯台に戻ってきた家族が、ママはどこへ行ったんだろうと首をひねっていても、まったくなにも感じない。家族そろってのお茶をおろそかにするママなんて、これまでならありえない情景

だ。けれども、紅茶の準備ができて、みんながお茶をはじめても、ママは林檎の樹に身体をあずけて屈託なく眠りつづけたのだった。

ムーミンママがパパの海とパパの島をほんとうに好きになり、パパの灯台を自分の家だと思うようになるには、まだまだ時間がかかる。そのためにはムーミン谷での生活パターンに固執するのをやめ、海や島や灯台にないものねだりするのをやめなければならない。ムーミンパパが海や島や灯台と和解し、家族とも和解するために、自分こそがすべてを把握し、すべてを仕切るのだという、的はずれな思いこみを捨てなければならなかったように。

ちびのミイ

Lilla My

ミムラ族のなかで「いちばん小さく」、名前はギリシア文字のμ《ミュー》（小さいものの象徴）に由来する。作者によると「勇気があり、怒ることができ、ぜったいにへこたれず、前向きで、いつまでも大きくならない」。探求心旺盛、怖いもの知らず、単刀直入、ときとしてハードボイルド。シリーズを通して多少とも変わっていくほかの生きものたちとくらべて、ミイだけはほとんど変わらない。『ムーミンパパ海へいく』ではなぜかムーミン家族の「養女」になっている。

あんた、闘うのよ

「あの子は怒ることができない」とちびのミイが言う。「そこよ、問題は。いい、よく聞いて」とミイは言葉をつぎ、ニンニにぐいと近づくと、おっかない顔をして睨んだ。「あんたね、闘うすべを学ばないかぎり、自分の顔をもつことはできないのよ」

『ムーミン谷の仲間たち』

＊＊＊

ニンニは姿が見えなくなった女の子である。底意地の悪いおばさんに皮肉を言われつづけているうちに、しだいに身体の輪郭がぼやけ、ついには跡かたもなく消えてしまったのだ。トゥティッキが少女をムーミン屋敷に連れてきた。「ほら、これがあなたのあたらしい家族よ。ときどき妙なことをやらかすけど、まあたいていは気持のいいひとたちだからね」。こうしてニンニは、姿がもとどおり見えるようになるまで、ムーミン屋敷に住むことになる。

しかし、姿の見えない子とつきあうのは、思ったよりも骨が折れる。首らしきところには銀の鈴がひとつ、少女の動きに合わせてかぼそい音をたてる。おばさんがニンニの居場所の見当をつけるために、少女の首につけたものらしい。慣れないせいかもしれないが、見えないものに視線をとめるのはむずかしい。ムーミンたちも、ニンニに話しかけるとき、どうしても眼にとびこんでくる鈴を見てしまう。「もちろん、鈴のちょっと上あたり、つまりニンニの眼があるとおぼしきあたりに眼をとめようと努力はする。けれども、知らぬまに視線はずり落ちて、眼に見えるものの上にとまってしまう。そして、ぶしつけなことをした、と気まずい思いをするのだった」。話すときは相手の眼を見る、というあたりまえのエチケットが実行しにくいので、とまどっているのだ。

ニンニは遊んだこともないらしい。ムーミントロールが遊びを教えても、「ええ、そうね、たのしいわ、もちろんよ」と、礼儀ただしいが楽しくもなんともなさそうな答えが返ってくる。おもしろい話にも反応しない。たまに笑っても的はずれなところで笑うので、話しているほうは気がそがれる。受けない冗談を言っている自分がばかみたいだ。

はじめは姿の見えない子に興味津々だったムーミントロールも、退屈な遊び相手にしかならないとわかると、しだいに敬遠するようになる。もしも自分の姿が見えなくなったら、それこそ山ほど遊びを思いつくだろうに、と首をひねるが、愛されて育ったムーミントロールには肝心なことがわかっていない。〈姿が見えない〉という状況は、想像するほどわくわくと心おどるものではないのだ。

〈姿が見えない〉とは、ちびのミイが指摘したように〈顔がない〉存在、そのひとらしい個性やたしかな信念をもたない存在、もっと平たくいえば、ひとを惹きつける魅力のない存在を意味する。ニンニの姿が見えなくなってしまったのは、言いかえすこともできずに、おばさんの皮肉にひたすら堪えてばかりいたからだ。そういう受け身の姿勢が、ちびのミイには我慢ならない。やられたら倍にしてやりかえす、これがミイのモットーだ。ただやられっぱなしの犠牲者には同情しない。たいていの場合、同情はなんの役にもたたないと知っている。冷酷なのではない。おそろしいまでにリアリストなのだ。

『ムーミン谷の冬』で氷姫をまともに見て凍死したリスについて、ミイはこう言ってのける。「あたしは悲しい気持にはなれないな。機嫌がいいか怒っているかのどちらかよ。悲しめばリスを助けることになるとでもいうの？　でもあたしが氷姫に腹をたてたときはね、おりをみて脚に嚙みついてやる」。死んだリスの仇討ちとして、ではない。いやというほど嚙みつかれれば、氷姫も二度とリスを凍らせようなどという妙な気を起こすまい。ミイの怒りは、ほかのリスたちを第二、第三の犠牲にしないために発揮される。ただし、怒りはたいせつなエネルギーだから、むだづかいはしない。

こうしたドライな言動に、ミイの照れを読みとることもできよう。ムーミントロールがひどくセンチメンタルにリスの死を嘆くので、なおさらハードボイルドに決めたくなる気持もわからなくもない。作者ヤンソンに言わせれば、ミイは少量でも効くスパイスで、「甘ったるい感傷に流れそうなとき、ぴりっと辛口のコメントをして物語をひきしめてくれる」。

ミイは無意味な気休めを言わない。もっぱら挑発する。元気というのは与えられるものではない。与えられたものは、またすぐ奪われてしまい、根本的な解決にはなら

ない。ミイはそういう一時しのぎを嫌う。「だいたい、あんたには気力ってものがあるの？　わたしにぶちのめされたい？　どうなのよ！」と、ニンニを容赦なく追いつめ、彼女が自分から変わるきっかけをつくろうとする。

しかし、ニンニが「自分の顔」をとりもどすきっかけは、ミイの押しつけがましい激励ではなく、さりげないムーミンママの気配りから生まれる。例によってママは、自分がしたいことではなく、相手がしてほしいことはなにかを考えて行動する。これはママの特技といってよい。

たとえば、さえない茶色の服を着ていた少女に、ばら色のワンピースとその残り布でリボンを縫ってやる。これだけでもずいぶん気分が明るくなったはずだ。ニンニがつくりたての林檎ジャムの大瓶を落として割ってしまったときも、「あら、これっていつも蜜蜂にあげてた瓶ね。おかげで野原まで運ぶ手間がはぶけたわ」と絶妙のフォローをする。やがて、ニンニの首から下は現れたものの、あいかわらず顔は見えない。

ある日、家族みんなで海辺にピクニックに行く。ニンニは浜辺に立ちつくして絶句する。生まれてはじめて海を見て、そのはてしない大きさに圧倒されたらしい。パパはふと茶目っけをおこし、ママの後ろにまわり、彼女を海のなかに突きおとすふりをする。もちろん冗談だ。すると電光石火、ばら色の稲妻が走り、白く尖った歯がパパの尻尾にがぶりと食いこみ、パパのほうが海のなかに転がりおちた。

「すごい！　やった！」とミイは叫び、感心することしきり。白い歯の持ち主はニンニだった。しかも顔が見えるようになって。真っ赤な顔をして、浜辺に両脚をふんばって立ち、われを忘れてかんかんに怒っている。あんなやさしいママを怖ろしい海に突きおとすなんて許さない。おそらく生まれてはじめて心の底から腹をたて、怒りをはっきりと表すことができたのだ。怒りをあらわにし、闘うすべを学んだとき、ニンニは「自分の顔」を手にいれた。「あんたね、闘うすべを学ばないかぎり、自分の顔をもつことはできないのよ」と喝破《かっぱ》したミイの予言は、みごとに成就したのである。

スニフ

Sniff

第一作『小さなトロールと大きな洪水』では「小さな生きもの」として登場。のちの「スニフ」は固有名。シリーズ前半に活躍するが、後半になると影をひそめる。臆病だが好奇心は旺盛。設定としてはムーミントロールよりも幼く、小柄で、子どもっぽく、しかも現実主義者。物欲が強く、とくに高価なモノに執着する。

やっぱりセドリックが好き

スニフは雨のなかにおき忘れられているセドリックを見つけ、自分のところにもちかえったのです。残念ながら、月長石は雨で流されて、ついぞ見つかりませんでした。それでも、やはりスニフはセドリックを愛しつづけたのです。もっとも、いまはただ、愛するために愛しているだけですが。けれど、それはそれでスニフの名誉になる話だといえなくもないのです。

『ムーミン谷の仲間たち』

＊　＊　＊

小説のシリーズの前半では活躍するのに、シリーズ後半になるとぷっつり姿を消してしまう生きものがいる。たとえばスニフ。第一作『小さなトロールと大きな洪水』

では、はやばやとムーミントロールとムーミンママの旅に加わる。このときは「小さな生きもの」と呼ばれ、ムーミントロールの弟分的な役回りだ。弱虫のくせに好奇心いっぱい。お喋りでお調子者。暗くなりがちな話のなかで、ぴいぴい泣いたり、はめをはずして騒いだり、あげくにママに叱られたりと、終盤近くにひょっこり現れるムーミンパパより、よほど存在感がある。ところが、第五作『ムーミン谷の夏まつり』ではいっさい言及されず、以後、外伝的な短篇集はともかく、最終作まで音沙汰がない。

シリーズ後半では影のうすいスニフが、はじめて重要な役を演じるのが、短篇集『ムーミン谷の仲間たち』に収められた「スニフとセドリックのこと」だ。冒頭の引用には〈作者の注記〉という但書がある。この物語には、本枠の物語と外枠の〈作者の注記〉という二重の構造がみてとれる。この短篇集はどれも凝った構造になっていて、人物像、語彙、趣向などが、ムーミン以後の〈おとな向けの〉小説や短篇にかぎりなく近い。

スニフの大好きなセドリックは、生きたイヌではなく、ぬいぐるみのイヌだ。しかも、ビロードの頭は、なでられすぎて、はげちょろけ。だが、そもそもスニフの心を射止めたのは、その愛らしい表情ではない。つぶらな瞳はトパーズかと思わせる石で、首輪の止め金には月長石がくっついていた。そう、宝石の大好きなスニフは、このセドリックを溺愛していた。ところが、信じられないことが起こった。スニフが、いままで、だれにも、なにひとつプレゼントしたことがない、あのスニフが、このセドリックをひとにあげてしまったのだ。それもたいして親しくもない相手に。

手放したとたんの嘆きようといったら、まったく尋常ではない。夜も眠れない。めずらしく食欲もない。あのお喋りが、ひと言も口をきかない。ただただ、ひたすら後悔の嵐。ただし、そんなに貴重（高価）なセドリックを手放した理由は、ある意味、とってもスニフらしい。「自分の好きなものを手放すと、それは十倍になって返ってくるし、手放したあとにいい気分になれるよ」というムーミントロールの言葉を信じたばっかりに、とスニフは憤慨する。

ちゃっかりしすぎて墓穴を掘るタイプである。とはいえ、器の小さなスニフには、大きすぎる悲しみだ。ついに、眠れないスニフは夜なかにムーミン屋敷を抜けだして、スナフキンのテントをめざす。ムーミントロールに輪をかけて、からだも小さくて、怖がりやなので、「石炭のように真っ暗な影のちらちらする庭」をひとりでつっきるのは、たいそうな勇気がいる。だが、いまはそんなことも気にならない。どうなってもいいやと思えるくらい、悲しいのだ。

スナフキンはテントの外に坐っていた。スニフが来るのをみすかしていたかのように、きみに聞かせたいんだがねと、「ほんとうにあった話」をはじめる。スナフキンの大おば（母の父の姉妹）が主人公の話だ。スニフとおなじく、美しいモノが大好きで、スニフとちがって、お金も時間もたっぷりあるので、スニフとはくらべものにならない、たくさんのりっぱな蒐集品に囲まれて暮らしていた。ところが、ある日、カツレツの小骨が喉にひっかかって、医者にあと数週間の生命と宣告されてしまう。ここでスニフはがぜん興味をもつ。リアリストなので、ハッピーエンドは信じないが、不幸な話なら信じるのだ。

「なんてかわいそう！　ひとつくらい、ちっちゃいモノだったら、持っていってもいいの？」彼女が死んだあとに残していかなければならない大量のモノが、スニフはひとごとながら気になってしかたがない。スナフキンは「だめだね、それは禁じられてるんだ」とそっけない。スナフキンの大おばさんは、いまや自分に慰めを与えてくれないモノを、親戚やら友人やらにどんどん送りつけはじめる。ひとりひとりの顔を思いうかべながら、このひとにはこれを、あのひとにはあれをあげようと、ひとりでく

すくす笑いながら。そのうち自然に友だちや知りあいがどんどん集まってきて、毎晩、大おばさんを囲んで愉快な話に興じるようになった。ひとづきあいもなく暮らしてきた大おばさんだったが、いまやたいへんな人気者だ。その後もせっせとプレゼントを送りつづけ、とうとう、天蓋のついた大きなベッドだけが残った……。

ここで、またしてもスニフは疑わしい眼つきをする。「ちぇっ、きみもやっぱりムーミントロールとおんなじだ。そのあとどうなったか、ぼく知ってるよ。そのベッドもあげちゃってさ、それから天国にいって、とってもしあわせでした、っていうんでしょ? だから、ぼくもセドリックだけじゃなく、持ってるものみんなあげるべきだって。そのあとできれば、死んじゃえばいいって。ちがう?」

事実はスニフの予想にたがい、大おばさんは大笑いをして小骨を吐きだし、すっかり元気になったのだが、そこがポイントではない。じつは、この話のおかげで、スナフキンの秘密がひとつ明かされる。モノに執着しないスナフキンがただひとつ手放さないモノ、つまりハーモニカはこの大おばさんのプレゼントだった。それもありきたりの品ではない。香木のジャカランダと黄金でつくられた芸術品なのだ。あのハーモニカには大おばさんの愛と創意がつまっている。だから、なにものにも代えがたい。

お金で買えないものなのだ。そういうものだけが重要なんだよ、とさりげなくスナフキンはスニフに伝えたいのだ。

大おばさんはベッドを売って、若いころの夢をすべてかなえたのさ、とスナフキンが話をむすぶと、すかさずスニフは指摘する。そんなの嘘だい、大きなパーティをひらいて友だちみんなを招いたり、孤児のための家を建てたり、火を噴く山を見物したり、アマゾン探検に行ったりするには、とんでもなくたくさんのお金がいるのに、もうベッドしか残ってなかったんでしょ？　それとも、あげたものをとりかえしたの？　どこまでも現実的なスニフである。スナフキンも負けていない。ばかだな、話は最後まで聞けよ。そのベッドはね、すみからすみまで黄金でできていて、おまけにダイヤモンドやらの宝石がいっぱい埋めこまれていたのさ。

話はこれでおしまい。最初から最後まで、スニフはしょっちゅう口をはさんで、スナフキンを怒らせる。この話のミソは、本枠ではなく外枠の〈作者の注記〉でスニフの面目がたもたれる点だ。宝石もなくし、雨にうたれてびしょぬれのみじめな姿になった、ただのはげちょろけのぬいぐるみのセドリックを、たいせつにもちかえって、これまでのようにかわいがっている。スナフキンの話をすべて理解するには、スニフは「まだ小さすぎる」。けれども理解しなくてもいい。なにかが心に残ったのだ、たぶんそうとは気づかないままに。ただ、それがほんとうに腑に落ちるには、すこし時間がかかった。かくて、外枠の物語での後日談となった。

スノークの女の子とスノーク

Snorkfröken och Snork

スノークの女の子は、コケティッシュでロマンティック、ときに直感的に賢明な行動をとる。かよわい女の子の振りをするが、窮地におちいるとがぜん勇敢になり、積極的な行動に出る。前髪と金のアンクレットが自慢。スノーク族は強い感情に動かされると肌の色が変わるが、それ以外はムーミントロール族に似ている。

スノークの女の子の兄は、『ムーミン谷の彗星』と『たのしいムーミン一家』にしか出てこない。スナフキンが言うには「整頓好きで説明好き」。理屈っぽくて仕切りたがるが、まとめ役の力量に欠ける。

前髪がなくてもかわいい?

「かれらはきみの親戚にちがいないよ。だって、そっくりだからさ。もちろん、きみは白いけど、かれらはいろんな色をしていて、おまけに、興奮すると色が変わるんだけどね」とスナフキンは言った。

ムーミントロールの眼に怒りがやどった。「ぼくらが親戚なもんか」と言う。「ぼくは色を変えるようなやつと親戚じゃない。ムーミントロールは一種類だけで、それでもって白いんだ!」　『ムーミン谷の彗星』

＊　＊　＊

ムーミントロールはスナフキンから話を聞くまで、ムーミントロール族にそっくりのスノーク族のことをまったく知らなかった。外見がそっくりだから親戚じゃないのか、とスナフキンに言われて、えらくむくれたりする。怒ったり、驚いたり、怖がったりするたびに、肌の色がころころ変わるなんて、そんな変てこな生きものといっしょにしないでくれと。初期のムーミントロールはわりあい短気で、スニフを子ども扱いしたり、いやに好戦的だったりするのだが、このエピソードでもその傾向がかいまみえる。

スナフキンはムーミントロールの反応にびっくりする。なんでそんなに気分を害するのかわからない。感情によって肌の色を変える生きもの、しかも自分にそっくりのスノークに会いたいと思わないかなあ。考えただけでもスリリングじゃないか。さすがに世慣れたスナフキンも、このときのムーミントロールの心理までは読みとれなかったようだ。なぜなら、ムーミントロールは怒っているのではなく、たぶん自分でもそうと知らずに、照れくささを隠すために、「女の子なんてばかみたい、それにきみだってさ」と憤慨してみせたにすぎない。そのくせ、その夜はちゃっかりとスノークの女の子の夢をみる。のみならず、夢のなかの自分は彼女に「耳の後ろにかざる薔薇の花をプレゼントしているのだった」。

はたせるかな、その後ほどなくムーミントロールは、食肉植物アンゴストゥーラに襲われているスノークの女の子を、ナイフを振りまわしてターザンばりの大活躍で救いだす。みごとに定番のヒーローを演じたムーミントロールは、お約束どおりヒロインの心を射止めたというしだい。

とはいえ、このムーミン＝ターザン、あまり格好はよくない。まず、スノークの女の子の悲鳴を聞くや、「短い脚ながら、できるだけ早く走った」と注釈がつく。たしかに、ムーミントロールの体型はどうみても戦闘的とはいえない。つぎに、武器のナイフもいまひとつ。スナフキンに借りた万能ナイフなので、実用的な栓抜きとネジ回しがついている。相手を挑発する悪口もなかなか独創的だ。「地べた這いずり野郎」「皿洗いブラシ」という呼びかけに始まり、「皿洗いブラシ」では手ぬるいと思ったのか、ぐっと下品に「おまるブラシ」と言いかえる。さらにエスカレートして、「おいぼれネズミのぶさいく尻尾」だの「くたばりブタを食ったあとの胃もたれの悪夢」だのと、どんどん悪口も手がこんでくる。

おまけに、ムーミントロールに加勢しようとしたスノークの女の子が、やおら「大きな石をつかんで、有毒植物めがけて投げつけ」た。ただし、よく狙っていなかったので、アンゴストゥーラではなく、ムーミントロールの丸いおなかを直撃する。スノークの女の子のばか力にも驚くが、大きな石をおなかに当てられても、「かえって元気になる」ムーミントロールにも驚かされる。ともあれ、アンゴストゥーラを切り株にするまで、枝や葉を切って切って切りまくったムーミントロールが勝利する。ついでながら、この死闘によって、ムーミントロールはスノークの女の子の感謝のみならず、スニフの尊敬まで手に入れる。勝者ムーミントロールに讃嘆のまなざしを送りながら、スニフはこう言ったのだ。「きみってすごいねえ。こんなにいっぱい汚い言葉を知ってるなんて！」

アンゴストゥーラとの死闘の一件でもわかるように、スノークの女の子は見かけほどか弱くはない。いざというときの決断はすばやく、決断はすぐに行動にむすびつく。しかも、失敗してもくよくよしない。つぎの対処法を考える。ときとしてシビアなまでに現実的だが、ロマンティックなのも大好きだ。自分がさらわれたり危険な目にあったりするのも好きだが、だれかが自分のために危険にあうのも、おなじくらい好きなのだ。

「妹のほうはね、兄の話を聞いてるふうだけど、ぼくが思うに、ほんとはべつのこと

を考えてるのさ、たぶん自分のことをね」とスナフキンは言う。いっしょうけんめい喋っている兄への配慮もなくはない。だが、なによりも自分に関心がある。なかでも前髪と金のアンクレットはアイデンティティそのものといってよい。だから、これをなくすとたいへんな愁嘆場となる。

彼女の経験した最大の災難は、『たのしいムーミン一家』で語られる〈前髪焼失〉だろう。ムーミンたちがニョロニョロの島にピクニックに行ったときの話だ。ヘムルがニョロニョロたちの気圧計をテントにもってきてしまったために、夜中にニョロニョロたちがとりかえしにくる。かれらは喋ることもできず、耳がないので音も聞こえず、眼もよく見えない。ただ、触覚だけがずば抜けて敏感で、暴風雨の振動や雷鳴の衝撃だけを待ちのぞんで生きている。だからこそ、嵐の到来を予知する気圧計は、かれらの愛してやまない偶像なのだ。

自分たちのたいせつな宝物をとりもどすべく、ニョロニョロたちが大挙して押しよせてきたので、かれらの発する電気のエネルギーで、テントのなかは焦げくさい臭いでいっぱいになる。そして悲劇は起きた。朝、まだ眠っているスノークの女の子を見て、ムーミントロールは凍りつく。前髪がない。ニョロニョロの電気で焦げてなくなってしまったのだ。ここでムーミントロールのやさしさが前面にあらわれる。じっさい、こういう繊細な気配りのできるムーミントロールは、アンゴストゥーラをめった切りにするムーミントロールよりはるかに魅力的だ。

＊　＊　＊

スノークの女の子はぱっちりと眼をあけて、にっこりした。

「あのさ」とムーミントロールはあわてて言った。「そのう、よくわからないんだけど。ぼく、このごろね、前髪のある女の子よりも、前髪のない女の子のほうがずっといいなあと、思うようになったんだ」

「そうなの？」とスノークの女の子は驚いている。「どうして？」

「髪の毛って、なんかだらしないからさ！」とムーミントロールは言った。

スノークの女の子はさっと手をあげて、前髪をととのえようとした。――ところが、ああ、なんということか。ようやくつかめたのは、燃えのこりの小さな房だけだった。スノークの女の子は心底ぞっとして、その房をじっとみつめた。

＊　＊　＊

ほんとうの絶望に突きおとされたスノークの女の子は、声もでない。大げさに嘆いたり怖がったりする余裕すらない。ただ泣くだけ。そんな気持を察するには幼すぎるスニフは、「はげちゃったね」とあっさり言ってのける。ムーミントロールは「このほうが似合うよ、ほんとに」と不器用に口ごもるが、スノークの女の子は泣きじゃくる。

気のいいヘムルも、「みなさい、わたしは生まれながらに頭はつるつるだがね、じっさい、それはそれで、なかなかぐあいがいいもんだ」と、慰めにならない慰めを言う。油をぬるとすぐに生えてくるよと、実用的な忠告をするパパ。そうしたら巻き毛になってもっとかわいくなるわと、ツボを押さえた合いの手をいれるママ。慰めの言葉ひとつにも、それぞれの気質があらわれる。

さいわい、焼けこげた前髪はまもなく生えてきて、スノークの女の子の試練は終わりを告げる。自慢の前髪をとりもどしたスノークの女の子にとって、いちばんの収穫は、ムーミントロールの思いやりにふれたことだったにちがいない。

フィリフヨンカ

Filifjonka

フィリフヨンカというと、たいていブルジョワの中年女性を連想するが、少数ながら男性（フィリフヨンク）もいる。たくさんの美しく由緒正しい品物に囲まれているが、身近な家族はなく、友だちも少ない。極端なまでに掃除や整頓に情熱をそそぐ。好きでもない親戚づきあいをしようとしたり、祖母が住んでいたというだけで意にそわない家に住んだりして、伝統を忠実に守ろうと無理をするあまり、ときどき爆発してアナーキーになる。

竜巻とともに去りぬ

　フィリフヨンカは身動きもできない。ただ突ったっていた。じっと動かず、磁器の子猫をひしと抱きしめて。そして考えた。ああ、なんてうつくしく、心ときめく、世界の終りの災いかしら……。

　フィリフヨンカからさほど離れていない砂浜を、竜巻がぐいぐい進んでいく。白い渦巻が堂々たる威容をほこりつつ、彼女のすぐそばを滑るようにすぎていった。いま、その渦巻は砂柱を巻きあげて天を突き、ゆっくりと落ちつきはらって家の屋根をもちあげた。フィリフヨンカは屋根が浮きあがるや、さっと消えていくのを見た。自分のきれいな品物がまっすぐ空に舞いあがっていくのも見た。トレイの下敷き、親戚の写真立て、紅茶ポット、母方のおばあさんの形見の貝殻型クリーム入れ、絹と銀で飾られた格言入りの額縁などなど、どれもこれもすべて、ひとつ残らずさっぱりと。フィリフヨンカは思った。このわたしに、あわれなちっぽけなフィリフヨンカに、いったいなにができるのか。どうやって大きな自然の力に逆らうというのよ。こんなことがあったあとで、いまさらなにをとりつくろうというの。なんにもできやしない！　すべてはきれいさっぱり片づいて、洗われてしまったのだから。

『ムーミン谷の仲間たち』

＊　＊　＊

フィリフヨンカという生きものは、たいてい大きな家にひとりで住んでおり、遠くや近くの親戚とも周囲のひとびとどとも、親しくはつきあわない。そのくせ、しかるべき社交はまっとうなフィリフヨンカのはたすべき義務と考えているので、会いたくもないご近所のガフサや、招待状に返事もよこさない失礼な親戚たちを、律儀にお茶会や記念日に招待するのは忘れない。

審美的なセンスはあるので、美しい品物やおばあさんの形見で身の回りを埋めつくす。親戚づきあいは億劫なのだが、趣味のよい調度品を残してくれた母方のおばあさんのことは尊敬している。すてきな形見の品々に囲まれていると、それほどひとりぼっちじゃない気がする。

掃除、整頓、洗濯、料理など、家事一般を完璧にやってのけるが、なにごとにも大まじめすぎて、はためにはちょっと痛々しい。適当に手を抜きながら、楽々とさりげなく仕事をこなすムーミンママとは大ちがいだ。短篇集『ムーミン谷の仲間たち』に収められた「この世のおわりにおびえるフィリフヨンカ」のフィリフヨンカも、すばらしく晴れたある午後、せっせとマット洗いに精をだしていた。

マット一枚洗うにしても、フィリフヨンカは手順をおろそかにしない。まず、海面にわずかに顔をだす丸いなだらかな岩の上に、マットをしわにならないように伸ばして広げる。膝をつき、マットをしっかり押さえ、ひょろ長い脚を折りまげて、しっかりと膝をつき、ブラシを握る手に力をいれてゴシゴシ洗う。なかなかの体力仕事なのだ。しかも、いい加減な洗いかたはしない。青い横縞をいちどきに一本ずつ。それから、七番めの波がよせてきて、石鹸の泡を洗いながすのを待つ。フィリフヨンカの重んじる伝統によると、六番めの波では早すぎるし、八番めの波では遅すぎる。泡立ちぐあいと波の大きさが絶妙にマッチする、七番めの波で洗いながすのが、いちばんいいと決まっている。精魂こめて洗いあげたマットは、乾かすために砂浜にひろげておく。海の水と太陽の光をふんだんに使う、すばらしくエコロジカルな洗いかたである。

さて、フィリフヨンカのフィリフヨンカたるゆえんは、絵に描いたように平和な情景にも、ぜったいに心を許さないことだ。いや、むしろ、この穏やかさは異常だ。嵐のまえの静けさ、というではないか。これほどけたはずれの晴天なのだ、さぞかしけたはずれの厄災《カタストロフィー》が待ちうけているにちがいない。フィリフヨンカはぞくっと身体を震わせて、得体のしれない恐怖におののいた。けれど、こういうせっぱつまった事態でも、フィリフヨンカは社交をなおざりにはしない。五時にガフサがお茶にくるのを思いだし、支度をするために家に帰る。ものごとの奥にある真実をみぬくフィリフヨンカにとっては、日常の奥にこそカタストロフィーがひそむのであり、カタストロフィーの予感はなんの矛盾もなく、日常のこまごまとした気遣いにむすびつく。

ところで、ガフサはあまりいい話し相手とはいえない。フィリフヨンカに輪をかけた気どりやで、しかもフィリフヨンカの直感はもちあわせていない。フィリフヨンカが漠然とした不安を伝えようとしても、とりつくろった反応しか返ってこない。無理もない。ガフサがご近所のお茶会に期待するのは、あたりさわりのない上品な会話なのだ。まちがっても内容のある深刻な話などしたら、互いに気まずくなるし、へたをすると喧嘩別れに終わりかねない。

　だからフィリフヨンカが「議論も理解も質問もよせつけないもの」への漠然とした不安を語っても、ガフサとしてはいっさいとりあう気はない。さりとて、ふたりきりのお茶会で黙りつづけてもいられないので、当惑しながらも、「ええ、こういう夏の終わりには、ほんとうにはげしい暴風が、とつぜん吹きあれることがありますものね」と、会話を日常的なレヴェルに引きもどそうとする。フィリフヨンカは心底がっかりする。風で洗濯物が吹きとばされただとか、どういう洗剤がいいだとか、そういうくだらない話をしているのではないのに。けっきょく、ふたりは平行線をたどったまま別れる。

　ところが、その夜、フィリフヨンカの予感は的中、本物の大嵐が襲ってきた。煙突がふっ飛び、窓が壊れて、ガラスが砕けちる。家具や調度品はあちらこちらに移動し、自慢の年代もののシャンデリアはこっぱみじんになり、壊れた窓からは雨が降りこみ、どこもかしこも水びたしになる。すべてが台なしだ。フィリフヨンカは思わず陶磁器の子猫をひっつかんで、外に走りでた。「なにか守るべきものがあるのは、心が落ちつくものなのだ」と、ここで作者の合いの手が入る。とっさのときに、守りたいものとして選んだのが、高価なお茶のセットではなく、たいせつなおばあさんの形見の銀製の貝殻型クリーム入れでもなく、えらそうな親戚たちが収まっている写真立てでもなく、かわいらしい子猫の置物だったのは、偶然ではないらしい。

とりあえず生命は助かった。いまや最大の頭痛の種は、残骸に埋もれた家財一式をどうするかだ。本来のフィリフヨンカなら、嵐がおさまりしだい、迷わず、後片づけに精をだしただろう。泥まみれのものは洗い、壊れたものはにかわで貼りあわせ、ペンキを塗りなおし……、やることは山ほどある。本来のフィリフヨンカなら、フィリフヨンカに固有の不屈の精神力で、さっそく翌日から仕事にとりかかっただろう。たとえ何週間も、いや、何か月もかかったとしても。

しかし、なぜかフィリフヨンカは気乗りがしない。なにかが変わったのだ。これまでとおなじフィリフヨンカに戻りたくない。これまでとおなじように、訳のわからない不安や恐怖に怯え、失ってしまったものを惜しんで嘆き、つくろっても元どおりにはならない品物を眺めて、いつまでもうじうじと悲しんでいるのはいやだと思った。「いやよ、そんなことするもんですか！」とフィリフヨンカは叫んだ。そのとき、彼女は世にもふしぎな光景を目撃する。それが冒頭で引用した巨大な竜巻だ。「それはフィリフヨンカの思っていた、ぎらぎらと光る水柱みたいな真っ黒な竜巻とは、似ても似つかなかった。それは本物だった。それは光だったのだ」。白い砂を巻きあげてきらめく本物の竜巻、それは自然現象のありきたりの竜巻ではなく、「直観」または「啓示」と呼びうるたぐいの経験だったのではないか。変わり者ぞろいのムーミン谷の生きものたちのなかで、この種のぶっ飛んだ体験をするのが、常識派の代表みたいなフィリフヨンカなのは、作者ヤンソンのちょっとしたアイロニーかもしれない。

そのまばゆく輝く光の柱は、フィリフヨンカの家財一式をすべて天へと運びさることで、ほんのすこしまだ残っていた彼女のためらいをも拭いさってくれた。もはや守り伝えるべき品物も伝統もない以上、フィリフヨンカらしい生活を送るという強迫観念も意味をなさない。なんという解放感、なんという自由。フィリフヨンカは胸に抱きしめていた子猫を、そっと岩の上においた。あの災難でもみくちゃにされて、子猫の片耳は欠けてなくなり、鼻には廃油がこびりついていたが、かえって「気のきいた生意気な顔つき」になって、それはそれで魅力的だった。

砂浜には「これ以上はないほど徹底的に洗われた」マットが転がっている。フィリ

フヨンカはマットを両手でつかんで、嵐の余韻をただよわせる大波のなかに飛びこんでいった。

＊　＊　＊

海岸線から引いてゆく波が、透明な緑色にきらめきながら、つぎからつぎへと、フィリフヨンカの頭上をこえていく。フィリフヨンカは水面に頭をだして太陽をみて、ぷうっと水を吐き、マットといっしょに砕け波に洗われながら、笑ったり、叫んだり、踊ったりした。生まれてこのかた、こんなに愉しかったことは一度もなかった。

＊　＊　＊

このあと、フィリフヨンカはどうなったのか。「そしてフィリフヨンカは砂の上に坐りこみ、あんまり思いっきり笑ったので、眼には涙があふれてきたのだった」と物語は終わる。この興奮がしずまったら、きっとそろそろと片づけも始めるだろう。生きるためには、いろいろと整えなければならないのだから。ただし、これからのフィリフヨンカを待っているのは、これまでとおなじような型にはまった生活ではない。

多大なる犠牲とひきかえにフィリフヨンカが手にいれたものは、陶磁器の子猫のような「気のきいた生意気な顔つき」だったにちがいない。

ヘムル
Hemul

定冠詞つきで「ヘムレン」となるため、日本語名では「ヘムル」または「ヘムレン」と不統一。スウェーデン語〈ohemul〉（不当な）から否定語〈o〉をとった造語か。無神経で独善的な面もあるが、人柄はよく憎めない。いくつかのタイプに大別できる。

1 音楽（主として管楽器やアコーディオン）やスポーツ好きの陽気なヘムル（『ムーミン谷の冬』）。自分が元気にしていれば、まわりも元気になると思いこんでいるが、迷惑がられることも少なくない。

2 蒐集癖のある学者ヘムル。昆虫や植物の採集、切手蒐集などに情熱を燃やす求道者タイプ（『ムーミン谷の彗星』）。

3 秩序と権威を重んじるヘムル。このタイプは天職に生きる。孤児院の経営者（『ムーミンパパの思い出』）、警察官や公園管理人（『ムーミン谷の夏まつり』）。

4 シリーズ後半に登場する内省的なヘムル。子どもたちのために静かな公園をつくる（『ムーミン谷の仲間たち』）、自分らしさを求めてムーミン谷をおとずれる（『ムーミン谷の十一月』）など、魅力的なヘムルも多い。

すこしなら騒いでもいいよ

あるとき、ひとりのヘムルが遊園地で働いていた。だからといって、かならずしも愉しくてしかたがないとはかぎらない。ヘムルは一回だけしか愉しめないように、切符にパンチをいれていた。そんなことを一生やっているとなれば、だんだん気分も滅入ってくる。くる日もくる日も、ヘムルはパチンパチンとやっていた。そしてパチンと切符に穴をあけながら、いつか年金をもらう身になったら、なにをしようかと夢み心地で考えていた。

『ムーミン谷の仲間たち』

＊　＊　＊

ヘムル族というと、仲間とつるむのが大好きで、たあいのない冗談を言いあっては大声で笑い、挨拶がわりに肩をたたきあい、音楽やら花火やらパレードやらと、にぎやかなお祭り騒ぎにあけくれる、どうみても内省的とはいえない集団を連想する。もっとも、根がまじめで性格もよいので、ひとのために役にたつことをしたいと考えるヘムルも少なくない。だから、学校や孤児院の経営とおなじ情熱と信念をもって、遊園地やスケート場を運営する。まっとうな公共の娯楽を提供するのも、ヘムルたちの重要な仕事なのだ。

そんな遊園地のひとつで、ひとりの若いヘムルが切符切りをしていた。遊園地を運営する元気のよすぎる親戚たちには閉口しているが、なんでも頼まれるといやだと言えず、いまは遊園地の雑役をひきうけている。ヘムル族はフィリフヨンカ族とおなじく、たいていは資産家で、ちょっとした不動産をもっている。

ただし、この若いヘムルは「傍系に属し、つまり半分だけ親戚なので一文なし」だ。自分の家がないので、遊園地のなかの子ども部屋に住んでいる。夜になって子どもが騒ぎだすと、手回しオルガンを回して、泣きわめく子どもたちをなだめるのも、仕事のひとつ。切符を切りながら夢をみるのは、いつかうんと年寄りになって年金をもらい、「いくつもの部屋のある世界一きれいな人形の家」を建てる日のこと。自前の部屋さえもたない、無口で孤独なヘムルのささやかな夢だ。

あるとき、雨がいつまでも降りやまず、ついに大洪水になる。ジェットコースターは折れ曲がり、回転木馬はひっくり返り、鏡の部屋は何百万もの破片になって、遊園地は丸ごとごっそり流されてしまう。若いヘムルが親戚たちに〈早期退職〉を申しで て、父方のおばあさんの古い公園を〈年金〉がわりにもらう。ひさしくだれも住んでいなかったその公園には、大きな木や野生の草花がうっそうと生い茂り、原生林のような静けさに包まれていた。ヘムルはこの公園に魅了される。長年の夢の人形の家のことなどすっかり忘れて。生まれてはじめて、自分だけの本物の家を手にいれたのだ、いまさらおもちゃの家がほしいはずもない。

ところが、ヘムルの幸福をうち砕く事件が起こる。門のまえに小さなホムサがもじもじと立っている。その子の話では、遊園地がなくなった敷地はスケート場になるので、遊び場所を失った小さなホムサやクニットたちが悲しんでいるらしい。しかも、遊園地から流されたいろんなものを、みんなで手分けして回収したんだとつけ加える。ヘムルはいやな気持になる。もしや、この子たちはとんでもないことを期待しているんじゃないか。なんでぼくにつきまとうんだ。もう切符切りは引退したのに。

小さなホムサは言う。「とっても小さかったり、ぼろぼろの服を着ていたり、泥だらけだったりする子には、切符じゃなくて空気にパンチを入れてくれたよね！　おなじ切符で、二回、いや三回も使えるようにさ！」自分が貧しい子どもたちに好かれていることを知って、ヘムルは当惑する。子どもはあまり好きじゃない。騒ぐし、泣くし、わがままだ。ヘムルの子ども部屋のことを思いだしてぞっとする。

そんなヘムルの気も知らず、いつのまにか、門の外には遊園地の残骸がつみあげてある。「遊園地のおじさん。あなたはやさしいひとだから、これをみんなさしあげます。ぼくたちはおじさんが好きなので、よかったら遊びにきてもいいですか？」という、たくさんの子どもの署名入りのおそるべき手紙といっしょに。

ヘムルは無視しようとする。やっとの思いで切符切りの仕事を断って自由を手にいれたのに、またぞろ遊園地の残骸と子どもたちにつきまとわれるなんて、ぜったいにいやだ。相手にするまい。あんなガラクタは門の外で朽ちはててしまえばいい。ぼくは自分ひとりで、しずかに、ひっそりと生きるんだ。なのに、どうしても気になってしかたがない。心の平和は失われ、原生林のなかにいても愉しめない。

ヘムルはあきらめてガラクタをなかに引きこみ、遊園地を再建しはじめた。ただし、

うるさい音のしないものだけを。子どもたちは古びた高い塀の上にちょこんと腰かけて、じゃまにならないように、「灰色の雀みたいに、でも口をつぐんで」見守っている。ヘムルも最初はいやいや組立てていたが、だんだん愉しくなってくる。もともと人形の家をつくりたいと思っていたほどだ。こういうのは嫌いじゃない。やがて沈黙を条件に子どもたちに入園を許し、みんなで手製の遊園地をつくりはじめる。かくて物語は、オスカー・ワイルドの「わがままな巨人」風の展開をみせる。池、ボート、トンネル、すべり台、ぶらんこ、木登り用の木、などの遊び道具ができあがった。ヘムルは子どもたちを招いて、いつでも自由に来ていいし、切符も要らないけど、ここは遊園地じゃなくて「沈黙の園」だってことは忘れないでくれよ、と念をおした。子どもたちは大まじめで、黙ってうなずいた。

ヘムルはしあわせをかみしめる。今度こそやっと自分のやりたいことだけやるぞ。ハンモックに寝そべって、葉っぱの屋根ごしに満天の星を眺めながら、静けさを満喫する。しかし、待てよ、静かすぎないか？　子どもたちは帰ってしまったのか。うるさく騒ぐなとごちゃごちゃ言われて、いやになってしまったのか。もしや、声をあげて騒がないと、ちっとも愉しくないのではあるまいか。

ヘムルはそっと「沈黙の園」をのぞいてみる。よかった。子どもたちは帰っていない。公園じゅうに「秘密の隠された生命」がみちていた。草むらがカサカサ音をたて、くすくす笑いが響き、水がパシャリとはねる。子どもたちは約束を守っている。しかも愉しんでいる。ヘムルはほっとしてハンモックに戻った。明日になったら、こう言ってやろう。「きみたち、笑っていいよ、気がむいたら、まあ、鼻歌もいいだろうさ。でも、そこまでだ。ぜったいにそれ以上はだめだよ」。

ニョロニョロ
Hattifnatt

スウェーデン語名は「ハッティフナット」または「ハティフナット」。〈hatta〉（優柔不断で迷う）と〈fnatta〉（放浪する）の合成語だろうか。姿を消したりひとの心を読んだりできるとの噂だが、真偽のほどはわからない。『ムーミン谷の夏まつり』によると、夏至祭のイヴに蒔かれた「ニョロニョロの種」から生まれ、どこまでも水平線をめざす永遠の放浪者。性別不詳。

小さな放浪者たちとどこまでも

わたし（ムーミンパパ）は、ニョロニョロたちが漕ぎだしていくのを、これまでもなんどか見たことがある。すると、そのあと一日じゅうメランコリックな気分になったものだ。この時代に、わたしの落ちつきのない性質が育ったのだ。そのため、あとになって、なにも事件が起こらないきちんとした生活に、とつぜん、どうにも堪えられなくなって、いうなれば逃げだすことになってしまうのである。

『ムーミンパパの思い出』

＊＊＊

ニョロニョロについて語ろうとすれば、ムーミンパパについても語らないわけにはいかない。物語のなかでただひとりムーミンパパだけが、この奇妙な放浪者たちに好きとも嫌いともいえない曖昧な感情をいだいている。じっさい、身近にニョロニョロと接した経験があるのもムーミンパパだけだ。ほかの登場人物はだれも、とくにニョロニョロに興味をもったり、逆らいがたい魅力を感じたりはしない。むしろ嫌悪と恐怖のいりまじった気持から、できるなら一生かかわらずにいたいと思っている。なのに、ムーミンパパだけが周期的にかれらに魅入られてしまうのは、なぜなのか。

ニョロニョロについての断片的な情報は、ことごとく噂や推測にすぎない。ニョロニョロはだれとも親しくつきあわないからだ。すでにムーミン第一作『小さなトロールと大きな洪水』には、ニョロニョロのさまざまな特徴が列挙されている。かならず集団で行動する。口をきくこともないし、聞こえているようすもない。表情らしいものもなく、眼には色がない。いつもなんとなく水平線をめざしてうごめいている。「見知らぬ土地からべつの見知らぬ土地へ旅をする、これ以外になんの関心もない」らしい。

『たのしいムーミン一家』のニョロニョロも「小さな白い無表情の顔」をして、「話せないし、耳も聞こえないし、眼もよく見えないが、触覚はうんと鋭い」。雷鳴から電気を帯びて放電する能力があり、ふれると感電するほど強い電気をはなつ。ムーミン谷の沖に浮かぶ〈ニョロニョロ島〉に年に一度やって来るのは、雷鳴とどろく嵐の夜に充電するため、らしい。電気が生命源とされるが、そのメカニズムはよくわからない。『ムーミン谷の夏まつり』によると、ニョロニョロは夏至祭のイヴに土に蒔かれた種から芽をだすので、植物の一種といえなくもない。

〈よそ者〉〈アウトサイダー〉〈放浪者〉がニョロニョロの別称で、〈仲間うちで群れる〉〈電気を放電する〉〈水平線をめざす〉が行動パターンである。のっぺりつるんとした容姿はかわいいというよりは不気味で、気のきいた台詞を吐くでもなく、思いがけない行動に出るでもなく、およそわけがわからない存在であるにもかかわらず、なぜか子どもにもおとなにも人気がある（スナフキンやちびのミイやムーミンたちが表の主役の代表格とすれば、ニョロニョロやモランは裏の主役といってもよい）。

しかし表の主役たちといえども、いかにも曰くありげなニョロニョロやモランとおなじく、見かけほど天真爛漫ではない。かれらの多くはいろんな問題をかかえている。たとえば、交互に顔をのぞかせる孤独への憧れと怖れである。その意味でも、ムーミンパパは興味ぶかい。ちょっと見には、世の理想の父親像を地でいく、責任感あふれる、よき父であり、よき夫である。いささか子どもっぽいところもあるが、それはまあ、ご愛敬というもの。全体としては、親しみやすく愛すべきパパの印象が強い。その一方で、マイホーム主義に徹しきれない影の部分もある。しかも、この影の部分はたいていニョロニョロと関係がある。

なかでも『小さなトロールと大きな洪水』のパパの暴走ぶりは半端ではない。物語の最初から行方が知れないのだ。ずいぶんまえに、ムーミンママと幼かったムーミントロールを残していなくなったという。幼すぎてパパの記憶がないムーミントロールに、なにかパパのことを話してよとせがまれて、ママは悲しそうに言う。「ありきたりのムーミントロールではなかったわ。パパはいつでもどこかへ行きたいと思っていたの。ストーヴからストーヴへと転々とね。どうしても満足できなくて、ある日、どこかへ消えてしまったの。あの小さな放浪者ニョロニョロたちといっしょに旅に出てしまったのよ」。どこにも満足できず、ストーヴからストーヴへと移り住んだあげく、ある日、ふっと姿をくらましてしまう。ムーミンパパがいなくなるのは、最近に始まった話ではないのだ。

『小さなトロールと大きな洪水』では、八月の終わりの夕方ちかく、ムーミンママとムーミントロールは大きな森のいちばん深いところをさまよっている。「あたりはしんと静まりかえり、枝のすきまから暗闇が見える」。始まりからしてもの悲しい。もうすぐきびしい冬が来ようとしているのに、母と子には住む家もなく、こんなとき頼りになるはずのパパは、すでにひさしく行方が知れない。これは後年ときどきパパがやらかす家出どころではない。行方不明、いや正真正銘の失踪である。

しかも「あの小さな放浪者ニョロニョロたち」に「だまされて連れ去られ」、あちこちを当てもなくさまよっている。ムーミンパパにとってのニョロニョロは、できればかかわりたくない〈他者〉ではなく、むしろときとして逆らいがたい誘惑者でさえある。ムーミンパパとニョロニョロのあいだには、余人にはうかがい知れない秘密の共鳴、心の奥でひそかに響きあうなにかがあるらしい。

冒頭に引用したのは『ムーミンパパの思い出』の一文で、ムーミンパパが若き日の波乱万丈の冒険を子どもたちに語り聞かせる形式をとっている。ムーミンパパがパパになるまえの、ただのムーミントロールだったころの話である。つまり、ムーミンパパの放浪と冒険への憧れは、ムーミンママと結婚し、やがて一児のパパとなるずっとまえから、ときおり抑えがたくこみあげてくる、はげしい欲求なのだ。

ときどきパパは、愛する家族のことさえ、なんだかわずらわしくなる。だれの視線

にもさらされず、（これまで以上に）気ままに生きたくなる。『ムーミンパパ海へいく』では、ひとりでもの思いに沈みたくて、家族のいるところからは見えない、岩の深いくぼみにおりていく。家族というのはときには面倒くさいものだな、ほかのパパたちもこんなふうに思うのかな、と自問しながら。

若き日の自伝『ムーミンパパの思い出』では、パパであること、家庭をもつこと、落ちつくことにたいする一種のためらいが、より明確に描かれる。かつて〈海のオーケストラ号〉で大海原へと乗りだした冒険仲間たちは、つぎづぎに「身を固めて」しまう。のちにスナフキンのパパとなる（らしい）ヨクサルはミムラの娘と、スニフのパパとなる（らしい）ロッド・ユールはソース・ユールとそれぞれ結婚し、空を飛べて水中にもぐれる改良版〈海のオーケストラ号〉を完成させ、親友のフレドリクソンは王様のおかかえ発明家になる。そのとき（のちの）ムーミンパパは思う。

＊　＊　＊

友だちが結婚したり、王室づきの発明家になったりすることが、いかに危険なことか、これはどんなに強調してもとうてい強調しすぎることはない。かつての、法を法とも思わぬ連中、退屈すると、なんでも来いとばかりに、世界中のどこへでも、いつでも旅立つ用意のある冒険仲間――。

――なのに、とつぜん、かれらは興味というものを失ってしまった。ぬくぬくしたがる。雨が降るのはいや。リュックに入らないような大きなモノを集めはじめる。つまらないことばかり話題にする。急になにかを決めたり、なにかに逆らったりするのをいやがる。かつては船の帆をかかげていた連中が、いまでは食器をのせる小さな棚をこつこつ作る。ああ、このようなことを、だれが涙なくして語れようか！

＊＊＊

ムーミンパパは友だちの結婚や就職を嘆いているのではない。苦楽をともにした冒険仲間たちが自由への憧れを失ってしまったと思って、涙なくしては語れないほど悲しんでいるのだ。〈海のオーケストラ号〉の操舵室だったが、いまはムーミンパパの住まいである〈家〉に、冒険仲間やそのパートナーが引越してくるのだが、同居人の数が増えれば増えるほど、ムーミンパパは「ますます孤独だと感じる」ようになる。嵐と雨のせいで外に出られず、くる日もくる日も、仲間たちとひとつ屋根の下に閉じこめられ、いやがうえにも孤独や疎外感がつのっていく。かつて心を通じあわせた仲間といっしょにいながら、自分だけがよそ者だと感じるのは、ひとりぼっちで大海原を漂うよりも、はるかに寂しく、つらい。

パパが求めていたのは、無責任な自由でもなければ、心をむしばむような孤独でもない。自由と孤独は、すばらしい冒険へと駆りたてる原動力であってこそ意味がある。怖れを知らぬ冒険者、これがパパの理想とするセルフ・イメージだ。冒険者とは、規則に縛られない自由人の別名である。パパの言葉を借りれば、「だれもやろうとしない、ちょっとぞっとするような、ものすごい冒険に乗りだす者」のことだ。

小さなボートで水平線めざして一心に漕ぎだしていくニョロニョロたちは、ロマンティシズムに酔うムーミンパパの眼に、まさしくこれぞ理想の冒険者と映る。だからこそ、パパの冒険への憧れがむくりと頭をもたげるのは、きまってニョロニョロの出帆に遭遇したときなのだ。「ニョロニョロのひみつ」という短篇でも、家族でピクニックに出かけたおりに、沖へと漕ぎだすニョロニョロたちのボートを見たことが、パパが家出をする直接の引き金となる。「そのときパパは逆らいがたい憧れとメランコリーにとらえられてしまった。わかっていたのはただひとつ、もうぜったいにヴェランダで紅茶なんか飲まないぞということだった。その晩だけでなく、これからもずっと」。ヴェランダで飲む紅茶というのは、(ブルジョワ的な)家庭生活の安定した日常を象徴する。だからこそ、自由と放浪への憧れにとらえられたパパには、我慢ならない惰性と堕落のシンボルとなりはてる。

そして、ある午後のこと、ムーミンパパはだれにもなにも告げず、「頭に漠然とした考えをいだき」、憑かれたように西へ西へと歩いていた。もちろんパパのたどりついた波打ちぎわには、待ってましたとばかり、いまにも船出せんとするニョロニョロのボートが揺れていたのである。

根のない自由にぞっとする

パパはニョロニョロたちと話そうとする努力をやめてしまった。かれらとおなじように、海の向こうをぼんやり眺めているだけで、パパの眼もニョロニョロの眼とおなじように、刻一刻と移りゆく空の色を映して、蒼ざめていく。あたらしい島が近づいてきても、興奮しなくなり、せいぜい尻尾でボートの底を二、三度たたくだけになった。

一行がものうげに膨らむ大波の上をすべるように進んでいたとき、パパは思った。どうも自分はニョロニョロに似てきたんじゃなかろうかと。

『ムーミン谷の仲間たち』

＊　＊　＊

ただ当てもなく歩いていたムーミンパパの眼のまえに、「陸地が終わり、海が始まる、ただそれだけの海岸」がひらけてきた。そして、そこには船出にざわめくニョロニョロたちの白いボートがいた。パパの心はおどる。おお、わたしを待っていてくれたのだ。絶好のめぐりあわせだ。そうとしか考えられない。自分とニョロニョロたちとの運命的な絆さえ確信するパパであった。

三人のニョロニョロたちは、ボートとその帆とおなじように真っ白だ。色彩のない白く曖昧なかたまりを見ているうちに、パパの脳裏には、ニョロニョロについてのいろいろな噂や思いが去来する。いつも集団で行動しているが、このうえないほど孤独である。自分たちが孤独だということにさえ気づかないほど、孤独なのだ。いつも群れているが、互いに助けあうことも喧嘩をすることもない。そのくせ、自分たちのことにしか興味がない。「できるだけ先へ先へと進もうとするだけで、水平線のところまで、あるいは世界の果てまで行こうとしている」とも聞いた。

「応接間やヴェランダで生活していて、毎日、おなじ時間におなじことをきちんときちんとこなしている者にとっては、危険な生きものである」という風評もあったような、とパパはつらつら考える。安定した生活を営んでいる律儀な者にとって、目的も定まらずただ放浪するだけのニョロニョロは、自分たちがたいせつに守ってきた秩序や価値観を揺るがす、ありがたくない闖入者なのだ。だがパパは、そういうニョロニョロたちをいやだとは思わず、かえってつよく関心をそそられる。

ムーミンパパは三人のニョロニョロたちを、縁あっておなじボートに乗りあわせた仲間たちを、なんとか理解しようとする。気持を通わせようと試みる。かれらのほんとうの仲間になりたいとさえ願う。ニョロニョロたちに、水平線への憧れや、自由のすばらしさや、ヴェランダで飲む紅茶のばかばかしさなどを、一生懸命に説明する。しかし、なんの反応もない。パパの存在すら眼に入らないのだろうか。

はじめは完全に無視されてとまどっていたパパも、「自分にたいしても他人にたいしても、なにも言う必要がなく、なにも説明する必要がないというのは、けっこうすばらしいことだ」と思うようになる。ついにパパは自由になったと感じる。〈自由人パパ〉がいまもっとも怖れるのは、ニョロニョロたちが自分のことを〈ヴェランダパパ〉だと思わないかということだ。ヴェランダは、パパが未知の冒険に乗りだすために捨ててきた、安定したブルジョワの退屈な日常性のシンボルなのである。

四方からボートを包みこむ海はどこまでもひろがり、頭上には満月があやしく黄色に輝いている。パパは実感する。月、海、そして沈黙する三人のニョロニョロを乗せたボート、これだけがなによりもたいせつな存在なのだ。ただ、この平安をときおり乱すものがある。パパ自身の思考だ。どうしてもあれこれ考えてしまう。喋ることができたらなあ、そうすれば考えずにすむのに、と思うのだが、そう思ってしまうことで、かえって心の平和は脅かされる。だいたい屁理屈をこねるのが好きな性分だ。考えるなと言うほうが無理な注文なのだが、パパはそういう単純な事実さえ見失いつつある。

慣れというのは怖ろしい。パパはしだいに感動することをやめ、なにを見ても、なにを聞いても、なにも感じなくなる。いつもは小おどりして眺める大好きな雷鳴がとどろいても、ちっともわくわくしない。ムーミンパパはニョロニョロへと退化しようとしているのか。それとも進化しつつあるというべきなのか……。

ニョロニョロたちは自分たち以外のだれとも交わらず、世捨てびとのようにひっそりと暮らしている。言葉を話すでもなく、感情をあらわにするでもない。表情さえ定かでない。自分たちの静けさをじゃまされないかぎり、だれかに危害を加えるでもない。たしかに世間のあらゆるしがらみや絆から自由で、厄介な義務や責任にうちひしがれることもない。しかし、かれらはだれも愛さないし、だれからも愛されない。たくさん愛し、たくさん愛されることに慣れてきたムーミンパパとは、えらいちがいである。

パパはニョロニョロに自分の自由への憧れを投影する。〈ヴェランダパパ〉から解放されたいと望むあまり、永遠の放浪者ニョロニョロをロマンティックに美化している。ところがある日、ついにパパはニョロニョロたちの秘密をつきとめる。海の真ん中にある、忘れさられたような島で、年に一度のニョロニョロの大集会がおこなわれるようすを、まのあたりにしたのである。

何千何万と群れつどう白いニョロニョロの集団を見て、パパはぞっとする。かれらは雷鳴とどろく嵐のなかで、手足を綿毛のように震わせて、電気を帯びるときにだけ、はげしく強く生きることができるのだ。それ以外になんの目的も意味もない。しかし、そのクライマックスの最中にあってさえ、かれらの表情には生気がない。そっくりおなじ顔、おなじ表情。個性も特徴もない。自分の意見がないから、仲たがいする必要もない。いつも仲間と群れてはいても、個と個の関係が築けない。それぞれが自分の身の丈とおなじくらいの空虚をかかえこんでいる。

そうか、わかったぞ、とパパは考えた。「かわいそうなニョロニョロたち。あのときわたしは入江に坐って、かれらのことをそれはもうすばらしく自由な生きものだと思っていた。かれらがなにも言わず、せわしなく動いているという、ただそれだけの理由で。だけど、かれらには言うべきこともないし、行くべきところもないんだ……」。ニョロニョロたちの自由は、なにも生みださず、だれも成長させない、不毛で無意味な自由だった。

「喜ぶことも悲しむこともない。だれかを好きになることも怒ることもない。眠ることも寒さに震えることもない。ヘマをすることも胃が痛くなることもないし、また元気になることもない。誕生日を祝うこともない。ビールを飲むこともなければ、良心の呵責《かしゃく》を感じることもない」。なんて怖ろしい自由だ、とパパは思う。わたしはニョロニョロじゃない、わたしはムーミントロールのパパなのだと（ここで「ムーミンパパ」ではなく「ムーミントロールのパパ」となっているところがミソである）。はたせるかな、パパは急に家族が恋しくなり、あのヴェランダが無性になつかしくなる。あんなところで二度と紅茶なんか飲むものかと誓ったはずなのに。

白いニョロニョロ、白い帆、白いボート、そして白いムーミンパパ自身。この色のない茫洋《ぼうよう》たる世界で、ムーミンパパは糸の切れた凧のように漂いはじめる、だが、さ

いわい、糸は完全には切れていなかった。最後までパパを〈こちら側の世界〉に引きとめていたのは、ただひとつ黒々と輪郭のはっきりしたもの、つまりムーミンパパのシルクハットである。その内側にはしっかりした筆跡で「M. P. av din M. M.」と書かれていた。「ムーミンパパへ、あなたのムーミンママより」と。

「すべてが白く、カサカサという音にあふれ、とりとめのないこの島で、どっしりと動じず確かなただひとつのもの」であるシルクハットは、ムーミンママからのプレゼントだったのだ。それはまた、その場にいなくても「どっしりと動じず確かな」存在感を与えるムーミンママ自身でもある。だから、ムーミンパパが自分自身にたいする信頼を失ったときでさえ、「このシルクハットだけは信頼できた」。

パパには言うべきことがある。聞いてくれる相手もいる。行くべきところ、そして帰るべきところがある。帰りを待っていてくれる息子のムーミントロールがいて（だからムーミントロールのパパなのだ）、「ムーミンパパへ」と書かれたシルクハットをプレゼントしてくれるムーミンママがいる。こんなふうに家出をしても、だれも不平を言わず、よけいな心配もしないが、家に戻れば、だれもが大喜びで迎えてくれる。ムーミンパパはあらたな決意を固める。あの家族のただなかにあって、あのヴェランダに居ながらにして、「本物のパパらしい自由で冒険にみちた生活」を追求しよう。けっして不可能ではないはずだ。ちょっと頭と想像力をはたらかせさえすればいい。ニョロニョロとの長旅の試練を乗りこえてきた本物の〈ヴェランダパパ〉に、できないことはない。そう、ムーミンママの手書きの名入りのシルクハットさえあれば。

モラン
Mårra

スウェーデン語名は「モッラ」であるが、定冠詞がついて「モラン」となる。〈morra〉（モッラ＝うなる）と音が似ているので命名されたのか。不毛で心を凍らせる孤独の象徴なのか。暖まろうとして近づくと火が消えてしまうのが、モランの不幸である。だれからも愛されず、だれも愛さないという意味で、怖ろしいというよりも哀れな存在。シリーズ後半においては、より複雑で深みのある生きものとして描かれる。

どうしてそんなに嫌われる？

ふいに、冷たい風がさあっと巻きおこった。太陽は雲に隠れ、庭は灰色に沈んだ。

「どうしたんだ？」とスナフキンは言って、裁判記録の書面からペンを離した。

「あのひとがまたやって来たのよ」とスノークの女の子がささやく。

凍りついた芝草の上にモランが坐って、みんなをじっと見ている。彼女はゆっくりと視線をトフスラとヴィフスラのほうへ移すと、低いうなり声をあげながら、じりじりと近づいてきた。

「助けてスラ」とトフスラが叫んだ。「きゃあスラ、助けてスラ！」

『たのしいムーミン一家』

モランとニョロニョロは、ムーミン谷の〈よそもの〉の双璧をなす。めったなことではひとを嫌ったり敬遠したりしないムーミンたちでさえ、モランとニョロニョロにはあまり近寄りたがらない。ムーミンパパなどは、ときどきニョロニョロに魅入られてしまうが、モランが好きだという者はひとりもいない。凍りつく寒さや常闇を連想させるモランがひきおこす嫌悪や恐怖は、不気味ではあるが人畜無害なニョロニョロの比ではない。

＊　＊　＊

そもそも、だれもモランと親しくつきあったことがないので、正確な情報がきわめて少なく、かなり怪しげな伝聞にとりまかれた謎の存在である。『たのしいムーミン一家』では、妙な言葉を話すトフスラとヴィフスラを追って、ムーミン谷に現れる。トフスラとヴィフスラは外見だけでなく、善と悪の区別もおおざっぱで、かなり幼稚な精神構造の持ち主だが、じつのところ子どもかおとなかはわからない。『ムーミンパパ海へいく』のペアの〈うみうま〉とおなじく、自分たちのことしか関心がない。〈うみうま〉の関心はもっぱら自分たちの外面的な美しさに集中するが、トフスラとヴィフスラの関心はより内面化されている。それを象徴するのが、ふたりが互いにしか通じない言語を話すだけでなく、周囲に通じなくてもまったく意に介さないことだろう。

にもかかわらず、ムーミンたちはかれらの言い分をそのままうけいれる。そんな大きな怪物はわたしが撃退してやると、ムーミンパパは大はりきりで、たきぎ小屋にしまってあった古い銃をとりにいく。さすがに「ちょっぴり気味がわるいなとぞくぞく」しつつ。パパだってモランがどんな姿かたちなのか、どれほど大きいのか、知らないのだ。武装するのはパパだけではない。夜中に物音がするや、すわ、モランの襲撃かと、家族そろって「斧や、はさみや、石や、シャベルや、ナイフや、くまで」を手に、玄関に集まってくる。

なぜ、それほどモランにたいして好戦的なのか。大の苦手の寒さや暗さを冬眠してやりすごそうとするムーミンたちには、嫌いな冬の権化のようなモランは、尋常ならざる恐怖を呼びさますのだろう。だから、トフスラとヴィフスラをはじめ、かれらに共感するムーミンたちの眼を通して描かれるモランの姿は、およそ感じのよさからはほど遠い。トフスラとヴィフスラの表現では「意地わるいスラ、おっかないスラ」となり、ムーミンたちはモランの「表情のないうつろな丸い眼」にぞっとし、「たいそう意地がわるい」と感じる。

若き日の冒険の日々がたぶんにパパの創作や誇張を交えて記された回想録『ムーミンパパの思い出』によれば、モランは「首筋の毛をぞっとして逆立たせる、嘆くような、脅すような吼え声」を発し、若いムーミンパパは「これまで聞いたなかでもいちばん孤独な音」だと思う。これだけではモランは寒さや暗さとむすびつかない。「嘆くような」不気味な吼え声は、むしろ救いのない深い孤独を思わせる。

一方、ムーミンパパの聞いた噂によれば、モランは「ひとを食う」。これは直接、生命への危険を示唆し、寒さや飢えによる死を連想させる。長くきびしい北欧の冬は、ひさしく生命を脅かす怪物とみなされてきた。ときには死をもたらす寒さや暗さや不作といった自然の現象が、ムーミンたちの心のなかで内面化されて、孤独や漠然とした死の表象とむすびつき、モランという異質の生きものにその表象が重ねられたのかもしれない。その意味で、モランほど悲劇的な生きものはいない。

そもそもモランはなぜ、トフスラとヴィフスラを追いまわすのか。モランのものである「王さまのルビー」をこのふたりが盗んで逃げたのが、ことの発端だ。あきらか

Tove

に悪いのはトフスラとヴィフスラなのに、最初からだれもがふたりの肩をもって、被害者のモランのほうを悪党扱いする。あげくのはてに、仕切りやのスノークが開いた裁判で、勝手に「原告」にされて欠席のまま、「王さまのルビー」を所有する資格なしと判断される。「被告」のトフスラとヴィフスラの「弁護人」を買ってでたヘムル、「わたしたちは最初からモランは嫌いです」と口をそろえる「証人」のムーミンたち。

ただひとり果敢に不在のモランをかばうのは、トフスラとヴィフスラに「年寄りのはげネズミ」と言われた恨みのあるスニフである。しかも、正当な所有権が否定されそうとあっては、ひとごととは思えないのか、たいそうな熱のいれようだ。「考えてもみてよ、どんなにモランが孤独かを。だれも彼女のことが嫌いで、彼女もみんなのことが嫌いだなんてさ。その中身は、もしかして、彼女のもってる唯一のものかもしれないのに。それさえも奪うというの？　ひとりぼっちで、夜の闇にさらされて……」。トフスラとヴィフスラへの恨みはともかく、スニフの言い分にも一理ある。しかしスノークは「感傷的すぎる」ととりあわない。

いよいよ被告のトフスラとヴィフスラの申し開きである。もっとも、かれらの一方的な言い分なので、いちじるしく公正性には欠ける。「王さまのルビー」がほしい理由は、トフスラとヴィフスラによれば「世界一美しい《ヴァクラステ》」からで、モランによれば「世界一高価《ディルバラステ》」だからだという。どうやら、「美しい《ヴァッケル》」と思う自分たちこそ、「王さまのルビー」の正当な所有者だと言いたいらしい。審美（トフスラとヴィフスラ）と実利（モラン）の闘いというわけだ。

ところで、「高価な《ディルバル》」には実利的な意味だけでなく「たいせつな」「かけがえのない」という情緒的な意味もある。だから、両者の言い分は表現の差にすぎないともいえる。それなのに、理論家をもって任じるスノークは、「ディルバル」のもうひとつの意味を知ってか知らずか、つぎのような判決をくだす。「トフスラとヴィフスラは文句なく正しく考えたが、行動のほうはまちがっていた」。裏を返せば、モランの考えはまちがいだと断罪したのだ。

ほんとうの意味で正しくモランを理解するのは、ムーミントロールただひとりなのだが、そのためにはたいへんな紆余曲折を経なければならない。ムーミントロールとモランのある種の心の交流は、『ムーミンの冬』と『ムーミンパパ海へいく』で描かれるだろう。

温もりを求めて

そのとき、トガリネズミが歌うのをやめ、みんなは凍りついた海のほうをじっと見た。そこにはモランが坐っていた。彼女の小さな丸い眼は、鏡のように焔を映している。だが、それ以外は、巨大な、かたちの定まらない、灰色の影にすぎない。八月に見たときよりも、はるかに大きくなっていた。

モランが岩山に這いのぼってくると、ドラムの音は鳴りやんだ。モランは冬至のかがり火めざして、まっすぐやって来る。そして、ひとことも発しないで、かがり火の上にどっしりと坐りこんだ。

じゅうっとものすごい音がして、岩山はすっぽりと蒸気で覆われてしまった。その蒸気が晴れたときには、焔はすっかり消えていた。ただ大きな灰色のモランが、雪のような霧を吐いているばかりだった。　　　　　　　　　　　　　　　　『ムーミン谷の冬』

＊＊＊

モランを心の底から怖がっているくせに、ほんとうの意味で心根のやさしいムーミントロールは、モランを冷たく突きはなすことも、知らんぷりを決めこむこともできない。われにもあらず、いつのまにかどんどん関わりをもってしまう。ムーミントロールとモランとの出会いは、三段階に分けられる。第一段階の『たのしいムーミン一家』では、みんなといっしょにモランをはじめて目撃する。そして、みんなとほぼおなじ拒否反応を示す。よって特記すべきこともない。第二段階の『ムーミン谷の冬』では、トゥティッキの手引もあって、モランの本質に一歩近づく。そして第三段階の『ムーミンパパ海へいく』では、ついにモランと意志を通じあうにいたる。

『ムーミン谷の冬』では、冬眠をつづける家族をよそに眠れなくなったムーミントロールは、なんの準備もなく、とつぜん見知らぬ世界に放りだされる。冬なので、スナフキンもいない。しかし、まったくひとりぼっちではない。謎めいたトゥティッキが、さりげなく救いの手をさしのべてくれる。

ムーミントロールはトゥティッキといっしょに、冬の生きものたちが冬至のかがり火をたく現場にいあわせるが、かがり火の焔が海の氷をも溶かさんばかりに燃えあがったとき、冒頭で引用した事件が起こる。モランが現れて、かがり火の上に坐り、焔を消してしまったのだ。恥ずかしがりやで姿の見えなくなったトガリネズミをはじめ、夏のあいだはひっそり隠れて暮らし、冬のあいだだけ活動する闇の生きものたちでさえ、「巨大な、かたちの定まらない、灰色の影」であるモランを怖れている。夏でも冬でも、モランに仲間はいないのだ。

たいへんだ、モランが太陽を消してしまった、とうろたえるムーミントロールに、トゥティッキはモランの秘密をあかす。「あのひとは火を消しにきたんじゃない。かわいそうに、暖まりにきただけなのに。だけど、あのひとがその上に坐りこむと、どんな暖かいものでも消えてしまう。ほら、あのひと、またしょげかえってる」。さすがにふところの深いトゥティッキは、モランのことも頭から嫌ったり否定したりしない。この言葉はムーミントロールの胸に響いたにちがいない。暖かさや明るさへのせつない憧れは、冬の寒さと暗さに閉口している自分にもよく理解できる。もしかすると、このとき、モランが自分とおなじものを求めていると知って、かすかながら親近感をいだいたのかもしれない。

かがり火が消えてしまうと、モランの視線はゆっくりと、ムーミントロールの灯油ランプへと移った。いまや燃えているものはそれだけなのだ。モランはランプに近づき、ムーミントロールはランプの焰が消えるのを見た。それだけである。ふたりのあいだになにか特別な交流が生まれたわけではない。けれども、すくなくともムーミントロールは、ランプをもって逃げたりせず、「暖まりにきただけ」のモランの好きにさせてやる。

最終段階の『ムーミンパパ海へいく』になると、モランの登場場面もがぜん多くなる。はやくも第一章なかばすぎで、ヴェランダの窓ぎわにおいた灯油ランプに誘われて、「孤独をかたどる巨大な灰色の影」みたいに、モランはムーミン屋敷の庭に現れる。モランが近づいてきたのを察知して、植物までもがパニックに襲われる。「葉むらのあいだに恐怖のささやきがかわされ、カエデの葉が数枚くるくると巻きあがって、震えながらモランの肩に舞いおちた。アスターの花はできるだけモランから離れようと、できるだけ身をそらした」。

ところがムーミントロールは、いつものひとり遊びとはいえ、自分がモランになっ

た振りをする。この共感する能力はかれの得手だ。ムーミントロールはモランが凍らせた芝草の跡にいき、「身体を丸めて、死んだ葉っぱの山をぬうように、ゆっくりと這っていく。じっと立ちどまり、自分のまわりに霧がたちこめるのを待って、ため息をつき、うらやましげに窓のほうを眺めた。地上でだれよりも孤独だった」。この追体験によって、モランは凶暴なのではなく孤独なのだと、ムーミントロールは実感する。ともあれ、ムーミンパパの音頭で家族そろって孤島に移住するのだが、モランもムーミンたちのボートを追って島までついてくる。その結果、ちっぽけな島を舞台に、ムーミンパパ、ムーミンママ、ムーミントロール、ちびのミイ、島の漁師（じつは灯台守）、〈うみうま〉、そしてモランが入り乱れて、かなり複雑なドラマをくりひろげる。

もっとも、ムーミンパパとムーミンママは自分のことで手いっぱいで、息子のなかに生じている深刻な葛藤や変化になかなか気づかない。ちびのミイは例によってわが道をいく主義で、ただひとり冷静に、あたふたと試行錯誤をくり返すムーミンたちを観察し、気がむけば、偏屈な漁師の観察にもでかける。事実、ムーミン家族の変貌にいちはやく気づくのも、漁師と灯台守が同一人物らしいことを察するのも、ちびのミイである。漁師はもとより他人には興味を示さない。月の光に照らされて踊る〈うみうま〉も、ママいわく「きれいな鳥や景色のようなもの」で、個人的な関わりのもてる相手ではない。そこで残されたのが、ムーミントロールとモランである。

　ムーミントロールは〈うみうま〉に会いたくて、カンテラ（携帯用灯油ランプ）をもって浜辺におりていくが、いつもそこにはモランもいる。モランが近づくと空気が凍りつくので、冷気を感じるや〈うみうま〉は走りさってしまう。ムーミントロールにとって、モランは恋路をじゃまする迷惑な存在ではあるが、しょっちゅう〈うみうま〉と前後して見ているうちに、怖ろしさは感じなくなっていく。「モランは危険だというよりも困った存在なのだ」とムーミントロールは思う。

　夜の浜辺におりていくのも、〈うみうま〉に会うためなのか、モランにカンテラの灯りを見せてやるためなのか、しだいに自分でもわからなくなっていく。ただ心配なのは、モランのほうも心を許してきたのか、はじめのように海のなかに立っているのではなく、一歩、また一歩と、砂浜にあがりはじめたことだ。そして、ある夜、驚くべきことが起こる。

＊　＊　＊

いつものように、ふたりは黙ったまま、向きあって立っていた。しかしモランの眼はゆっくりと灯りから離れると、まっすぐムーミントロールにそそがれたのだ。これまでそんなことは一度もなかった。ひどく冷たく、ひどく不安にみちた眼だった。流れていく雲のせいで、月が隠れたり現れたりするたびに、明るくなったり暗くなったりして、砂浜にはちらちらと揺れる影であふれていた。

＊　＊　＊

モランの関心が、灯りそのものからムーミントロールへと移っているのが、はっきりとわかる。自分を見ても逃げださない相手に、モランは生まれてはじめて出会ったのだ。カンテラの灯りよりも、ムーミントロールの思いやりに、自分が心から求めていた温かいものを感じたにちがいない。やがて、灯油缶がからっぽになる日がくる。毎夜、カンテラを灯すことで使いはたしてしまったのだ。ムーミントロールは不安になる。もしカンテラの灯りがなくなったら、モランはどうするんだろう。どんなにかがっかりすることか。「まるで仲間を裏切ったような気さえした」。しかたなく、カンテラをもたずに浜辺に向かう。放っておく気にもならなかったのだ。

モランは待っていた。彼女にとって待つことはなんでもない。いつだって待ってきた。時間だけはたっぷりある。あるいは、時間のほかにはなにもない、というべきだろうか。たいていは肩すかしを食ったが、今度ばかりはちがう。ムーミントロールはいつも律儀に約束を守ってくれた。「そのとき、ふいにモランがうたいだした。よろこびの歌をうたい、スカートをはためかせて、前に後ろに揺れている。砂の上で足をふみならして回り、ムーミントロールが来てくれたうれしさを、なんとかしてあらわそうとしているのだ」。

灯りのないのに、モランがうたい、モランが踊る。そんな光景が想像できるだろうか。ムーミントロールもうれしくなる。ほとんど旧友に再会したような歓びを感じていた。ふと足もとの砂をさわってみた。モランがふれているのに冷たくない。砂も浜辺の植物も逃げようとしていない。モランは危険な生きものではなくなった。ムーミントロールの温もりを得て、モランは暖かくなった。ムーミンママによれば、だれからも愛されない以上に、だれも愛さないことにこそ、モランの孤独の本質がある。モランがムーミントロールを「仲間」だと感じたとき、凍りつくような孤独の呪縛がおのずから解けていく。生まれてはじめてモランは愛を知ったのである。

スナフキン

Snusmumrik

直訳すれば「嗅ぎ煙草をやる男」で、スウェーデン語名は「スヌスムムリク」。日本で流布している「スナフキン」は英語名の転用。自由と孤独を愛する詩人。ひとにもモノにも執着せず、秋になるとムーミン谷を去って、ひとりで旅に出る。大おばさんからもらったハーモニカと古ぼけた帽子をたいせつにしている。

崇拝なんかごめんだね

「だれかをあんまり崇拝しすぎると、ほんとうには自由になれないんだよ」

『ムーミン谷の仲間たち』

＊　＊　＊

どんなときにも冷静沈着、心やさしく、思慮ぶかい。創意工夫にみちていて、いかなる難関もらくらくと切りぬける。持ちものらしい持ちものといえば、古ぼけたリュックにハーモニカ。身につけているのはいつ洗濯したのかわからないような色あせた服と帽子。ムーミン谷にいるときでも、ほかの客たちのようにムーミン屋敷には寝泊まりせず、小川のほとりの空き地に、これまた古ぼけたテントをはって野営する。

ふだんは自炊である。ささやかな具が泳いでいるスープが定番。ただし食後のパイプとコーヒーにはこだわる。「やむをえないかぎり、だれかを食事に招くことはなく、食事に招かれるのも好きではない」。食事どきにくだらないお喋りをしたがる連中が苦手なのだ。食卓や椅子やナプキンなどの小道具は不要だと思っているし、夕食まえにいちいち服を着替えるヘムルの噂にいたっては、「とんでもない中傷」だと笑いとばす（かつて作者ヤンソンが子どもだったころ、北欧の一部の階級では、じっさい夕食まえに服を着替えていた。いまでこそ北欧の食事作法はきわめてカジュアルだが、一昔まえは家庭によっては信じられないほど格式ばっていた）。

けっして徒党をくまず、冬になるとムーミン谷を去って、ひとり気ままな旅に出る。そして歌をつくる。絵に描いたような吟遊詩人である。孤独と静寂を愛し、このふたつを守るためには、ときにハードボイルドにもなる。親友のムーミントロールにたいしても、こまやかな配慮をするが、つねに一定の距離をたもち、むやみにべたべたはしない。

スナフキンが好きだという読者は多い。物語のなかでもみんなに好かれている。しかし、である。なにかものたりない。個人的には、冒頭に引用した「春のしらべ」という短篇を読むまでは、さほどスナフキンに魅力を感じなかった。あまりに格好よすぎる。良くいえばスマート、悪くいえば雑駁な厚みがない。しかし、この短篇で印象は一変した。ここに描かれるスナフキンは魅力的だ。

ムーミントロールのスナフキンにたいする友情は片思いに近い。友情にも、恋愛とおなじように、片思いはある。当事者のふたりが、きっかり同程度に好意をいだきあうのは、むしろめずらしい。たいていはどちらかが寂しい思いをする。あるいはまた状況によって、立場は入れ替わるかもしれない。いずれにせよ、ムーミントロールとスナフキンの場合、あきらかに前者の思い入れのほうが強い。ムーミントロールは手放しでスナフキンを崇拝し、いつもいっしょにいたいと考えているが、スナフキンはときとして自分だけの世界を友情よりも優先させる。

いまもスナフキンは旅の途上にあり、いい歌が生まれそうな予感に心が弾んでいる。ふとムーミントロールのことを思いだす。春になって帰ってくる自分を千秋の思いで待っている友だちのことを。スナフキンは思う。あいつはきっと感心してこう言うだろうな。「うん、いい歌だ、ほんとにいい歌だね」と。一瞬、スナフキンの気持に翳りがさす。眼のまえに友だちの言葉と表情がリアルに浮かんだからだ。

「そうとも、もちろん、きみは自由でなくてはね。とうぜんだよ、きみが旅に出るのは。きみがときにはひとりでいなくてはならないことぐらい、ぼくだって、ようくわかってるつもりさ」。そう言いながらも、ムーミントロールの眼は、失望とやりきれない憧れに暗く染まっていく。こういう友だちはありがたいが、ちょっと重苦しくて、かなわないや。スナフキンはため息をつき、ひとりごとを言う。「ふう、やれやれ、あいつはほんとに感傷的なトロールだな。あいつのことは考えまい。いいやつなんだが、いまは考えないぞ。今夜はぼくの歌とふたりっきりでいよう」。

こうして、しばらくのちには、友だちのことはきれいさっぱり忘れてしまう。とにかくいまは、生まれそうになっている歌に専念すべきだ。感傷にひたっているときではない。ところが、せっかくとりもどした心の平和をまたしても乱される。それもこんどは縁もゆかりもない通りすがりの「小さな生きもの」クリープに。

星空のもと、かんたんな夕食をすませて、まずは一服、それから歌にかかろうと、気分よく小川で鍋を洗っていたスナフキンだったが、ふと視線を感じて頭をあげる。なんてこった。「ものの数には入らない者に特有の眼をした」クリープが、食いいるように、感きわまったようすで、向こう岸から自分の動きを逐一追っているではない

か。スナフキンのあからさまな無視にもかかわらず、クリープは小川を泳いで渡ってきて、たき火にあたらせてくれと言う。おまけに早口でまくしたてる。あなたに会えて光栄です、あなたはあの有名なスナフキンでしょう？　いやあ、ぼくはこの日を生涯忘れませんよ、とかなんとか。

時と所をわきまえぬ押しつけがましい称賛はうっとうしい。のみならず、危険である。称賛する相手に自分を重ねあわせて、エゴを勝手に膨らませ、本来の姿を見失ってしまうこともある。だからスナフキンは憮然として言う。「だれかをあんまり崇拝しすぎると、ほんとうには自由になれないんだよ、ぼくは知ってるがね」。しかし、「わかってますよ、あなたがなんでも知ってらっしゃるということは」と応じるクリープに、スナフキンの真意は通じていない。

そのうえ、旅の話をしてくれとねだる。スナフキンはげんなりする。「どうしてこいつらは、ぼくが放浪するままにさせといてくれないんだ。旅の話なんかしたら、すべてぶちこわしじゃないか。話してしまうと、旅そのものはどこかへ行ってしまう。そんなこともわからないのかなあ。じっさいはどうだったかと思いだそうとしても、自分のした話しか思いだせなくなってしまうってのに」。

頼みは断ったものの、なにかを言わずにはすまないだろうと観念したスナフキンは、投げやりにクリープの名前を訊く。ほかに話の切りだしようもないではないか。ところが「こんなちびだから名前もないし、名前はなんだいと訊かれたこともない」と言われて、名づけ親になるはめになる。思いついたのは、「楽しげに始まり、悲しげに終わる響き」のティティウーという名前だった。

この命名を境にクリープに変化がおとずれる。とつぜん眼を輝かせ、おどおどと自信なげな物腰はどこへやら、生まれ変わったように活発になる。お礼もそこそこに、茂みのなかにぷいと姿を消してしまう。いささか拍子ぬけしながらも、スナフキンは旅をつづけるが、クリープ、いやティティウーのことが頭から離れない。冷たくしすぎたかなあと、ちょっと胸が痛む。「いつもいつも愛想よくひとづきあいするってわけにはいかないさ」と自分に言い聞かせるが、なんとなく落ちつかない。しだいに足どりが重くなり、しまいに気分が悪くなる。とうとう、くるりと向きを変え、さきほどの茂みのほうへ帰っていく。ティティウーと話をするために。

ほんとうの自由はすぐそこに

「そうだよ。ぼくは家を出て、本気で生きはじめたのさ！　すごいことだよね！　わかる？　名前をもらうまえは、ただそこいらを跳びまわって、ただなんとなく感じてただけだった。いろんなことがぼくのまわりで起こりはしたよ。危険なこともあったし、そうじゃないこともあったけど、たいせつなことはなにひとつなかった。わかるかなあ。いま、ぼくはひとつの人格なんだ。ぼくの身のまわりで起こることすべてに、なにかの意味があるんだ。もう、ただなんとなく起こるわけじゃない。ぼくに、ほかならぬぼく、そう、このティティウーに起こるんだからね」

『ムーミン谷の仲間たち』

＊　＊　＊

スナフキンは自分のそっけない応対を気に病んで、ティティウーの住む森にわざわざ戻ってきた。ところが再会したティティウーは別人だった。おどおどと相手の顔色をうかがう卑屈さは影をひそめ、あたらしい生活の準備に忙しい。「ずいぶん時間をむだにしたから、ぼやぼやしてはいられない」と、自分の名前の刻まれた表札をスナフキンに見せ、ぼくは家を出てひとり立ちしたんでね、と胸をはる。

いまやこの小さな生きものは、スナフキンの人格に自分を投影させる必要を感じない。ほかのだれでもない自分として生きることに満足している。ほかのだれでもない自分だけのものである名前は、自分らしさのシンボルだろう。それはまた、他者からひとつの独立した人格とみなされ、そのように扱われることを意味する。名前を、つまり固有の人格をもつことで、ティティウーは暑苦しいヒーロー崇拝を卒業し、ほんとうの自由をみいだしたのだ。

ティティウーの自己変革が、ほとんど独力でなされていることに注目すべきだろう。たしかに、スナフキンが名前を与えることで、変革への歯車が回りだす。だが、スナフキンは静かな夕べを台なしにした相手に好意的ではなかったし、積極的に助けようとしたわけでもない。むしろ厄介払いをしたくて、乞われるままに命名したにすぎない。ティティウーに頼まれた話をしてやろうと、ひき返してきたのも、良心がうずいて、病気かと思うほど苦しくなったからだ。つまり相手のためというよりも、自分の気分を晴らすために、戻っていったにすぎない。

ところが、いざ戻ってみると、ティティウーは得たばかりのアイデンティティを追い求めるのに夢中で、旅の話をしようか、それとも一曲奏でようかというスナフキンの申し出を、気もそぞろに断る。名前のなかったころはあれほど興味を示したというのに、たいへんな変わりようだ。自分自身が「本気で生きる」ことに精いっぱいなのだから、ごく自然な反応である。ひとの体験はどんなにおもしろくても、自分の体験ではないし、ほんとうの意味での糧にはならない。見栄えはしなくても自分自身の体験のほうが、自分にとってはなにより刺戟的でおもしろい。あたりまえのことだが、名なしだったころのクリープには想像もできなかったのだろう。

ひるがえって、スナフキンのほうはどうか。ティティウーとの出会いでなにを悟ったのだろう。名なしのころのティティウーが自由とは縁がなかったように、かたちはちがうかもしれないが、スナフキンもまた、ほんとうの自由からは遠かったのではないだろうか。孤独であること、自由であること、他者とのしがらみを断つことに固執

しすぎるあまり、放浪者としてのセルフ・イメージに囚われるあまり、「ほんとうには自由になれない」でいたといえよう。

ティティウー、ムーミントロール、スナフキン。この三人はそれぞれ性格も環境もちがうし、自分らしくあるために必要だと感じる自由や孤独の度合いもちがう。かつてのティティウーのスナフキンにたいする憧れは、ほとんどファン心理に近い。そもそも基本的な関係さえできあがっていないのに、崇拝する相手に一方的な興味や尊敬を押しつける。だからティティウーは相手と人格的な関わりを築くまえに、まず自分自身の人格を確立しなければならなかった。

ムーミントロールの場合、事情はかなり異なる。スナフキンとの関係は、すでに友情の域にある。スナフキンの自由な生きかたに憧れ、尊重したいと本気で思っている。しかし、スナフキンのあまりに悠々自適で、あまりに軽やかな暮らしぶりを見ていると、この友だちにとって自分なんかいてもいなくてもいい存在なのではと、とり残されたような寂しさを感じてしまう。

交互に顔をのぞかせる憧れの歓びと執着の悲しみとのはざまで、これからもムーミントロールは揺れつづける。物理的にも心理的にも、ムーミントロールがスナフキンから自立するには、シリーズ最後の二作『ムーミンパパ海へいく』と『ムーミン谷の十一月』をまたなければならない。前者の舞台となる絶海の孤島にスナフキンはまったく姿を見せないし、後者の舞台となる晩秋のムーミン谷には、スナフキンはひょっこり現れるが、ムーミンたちは遠い島に行ったきり不在のままだ。つまり、最後の二作はムーミントロールとスナフキンの関係でいえば、完全なすれちがいが生じる。うがった読みをするなら、ムーミントロールはもはや身近にスナフキンを必要としないほど成長したのだ、という作者のメッセージなのかもしれない。

スナフキンはどうか。かれにとってもムーミントロールはたいせつな親友だ。ただし、ムーミントロールほど相手に執着はしない。もともと、ひとだけでなくモノにも執着しない性格なのだ。ただひとつ失いたくないと思っているのは、大おばさんからプレゼントされたハーモニカぐらいなものだろう。なにものにもとらわれないこと、それがスナフキンの最大の魅力であり、かれがムーミン屋敷の住人たちと決定的に異なる点である。もっとも、ちびのミイは例外だ。離脱といってよい境地に達しているのは、スナフキンとちびのミイだけだろう。

さて、生き生きとしたティティウーの姿を見て、スナフキンは失われていた心の平和をとりもどし、ふつふつとわきおこるうれしい予感にうち震える。いまならすなおにムーミントロールの友情をうけいれることができる。ひととの関わりはかならずしも芸術の妨げにはならない。自分をどこかで待っていてくれる者がいるというのは、すばらしいことじゃないか。なんでもかんでも息苦しく感じる必要はない。さあ、春の歌が生まれようとしているぞ。それはきっと「出会いの憧れ、春の愁い、そしてひとりでいることの限りない歓び」をたたえた、とびっきりすばらしい旋律《メロディ》になるにちがいない。

トゥティッキ

Tooticki

種族名ではなく完全な固有名。作者の友人でグラフィック・デザイナーのトゥーリッキ・ピエティラがモデル。冬のムーミン谷でムーミントロールの導き手となる。スナフキンがまばゆい夏の太陽を讃える詩人だとすれば、トゥティッキは蒼白い冬の月と曖昧な闇の世界の秘密をうたう巫女といえよう。スナフキンと同じように、ムーミントロールにとっては、一歩先をゆく年上の友だち。

曖昧だからいいのよ

「それなんの歌?」とムーミントロールが訊いた。

「わたしについての歌よ」と、雪に掘った穴のなかから、だれかが答えた。「雪玉でランプをこしらえたトゥティッキについてのね。ただし、くり返し部分はまったくべつものよ」

「ふうん、わかるよ」とムーミントロールは言って、雪のなかに腰をおろした。

「わかるわけないじゃない」と、トゥティッキは愛想よく言って、むくりと起きあがったので、彼女の着ている赤白の縞柄セーターが見えた。「くり返し部分は、ひとにはわからないことを歌っているんだもの。ちょうどいま、オーロラのことを考えていたのよ。あれがほんとうに存在するのか、ただそう見えるだけなのか、だれにもわからない。すべてはとても曖昧なのよ。もっとも、そこがわたしを安心させるゆえんなんだけどね」『ムーミン谷の冬』

＊＊＊

『ムーミン谷の冬』ではじめて登場するトゥティッキは、いままでの作品にはみられないタイプだ。冬眠からめざめてしまったムーミントロールは、みんなが眠っているムーミン屋敷をあとにして、白銀に変わりはてた寂しい森をさまようち、小さな足あとを見つける。だれかがいる、ぼくのほかにも、めざめて歩きまわっているだれかが。フライデーの足あとに喜び勇んだロビンソン・クルーソーのように、ムーミントロールは夢中で足あとを追い、雪に埋もれるようにして寝ころんで歌をうたっているトゥティッキに出会う（この足あとがトゥティッキのものかどうかは不明）。

ひとりぼっちで寂しかったムーミントロールは、とにかく話ができる相手に会えたことがうれしくてたまらない。「それなんの歌？」といつも以上に愛想よく話しかける。なにか具体的な答えがほしいというよりは、話の糸口をみつけるためのきっかけとして。初対面の相手にはまあ無難な質問だ。ところが会話は、ムーミントロールが思ったようには進まない。

歌の意味？　わかるよ、とこともなげに答えるムーミントロールに、トゥティッキは言う。だれにもわからないことを歌っているのだから、もちろんあなたにもわからないはずよ。つきはなすような口ぶりだが、べつに意地がわるいのでもないらしい。自分の思うことをはっきりと口にし、かならずしも相手が期待しているような応対はしない。ただそれだけのことだ。

自分とちがう考えの相手に説得や説教を試みるのは、トゥティッキの趣味ではない。他人のことをむやみに知りたいとは思わないし、なにがなんでも自分のことを理解してほしいとも思わない。互いがふみこめる領域が限られていることを知っており、親しくなっても一線は守るべきだと信じている。だから、途方にくれたムーミントロールの質問にもほとんど答えないし、慰めになるような言葉をかけようともしない。もちろん、いざというときには助けの手を差しのべるが、たいていはムーミントロールが苦労しながら自分でやりくりするに任せる。

ときには過保護の気味もなくはないムーミンママや、年上の友だちとしてあれこれと気を配るスナフキンとくらべると、ちょっと距離をとる導き手である。だれかに頼り守られる子どもの世界を一歩ぬけでて、ママやスナフキンの助けを借りずに、ひとり立ちしようとするムーミントロールには、まさにぴったりの案内役だろう。

とはいえ最初のうち、ムーミントロールはトゥティッキの淡々とした接しかたにとまどう。いままではだれと話していても、互いにわかりあっているんだという安心感があった。言葉がたりなくても、なんとなく通じているような気がしていた。家族だから、友だちだからと。それは甘えだったのだろうか。そんなに簡単にわかりあった気になってはいけないのか。ムーミントロールの深くて尽きない悩みがはじまる。

すべては曖昧だ、だから安心する。これがトゥティッキのモットーだ。夏には明るい太陽の光のもと、すべてがはっきりとした輪郭をもっている。海は水浴びのため、小川は釣りのため、森や野原は遊びのために、疑いようもなく存在する。ときにはちょっぴり危険で心おどる冒険はあっても、なにやら得体のしれないものが醸しだす、名づけようもない不安はなかった。ところが冬は曖昧さにみちている。その曖昧さにムーミントロールはめんくらう。「雪の話をしてよ。ぼく、雪ってやつが理解できないんだ」とトゥティッキに訊く。右も左もわからない世界でも、ちょっとした手掛かりがあれば、すこしは親しみがもてるかもしれない。このひとは冬のことをよく知っているみたいだから、きっと教えてくれるだろう。

その期待はみごとに裏切られる。「わたしにも理解できないわ」という言葉を皮切

りに、禅問答のような答えが返ってくる。「たとえば、雪は冷たいとひとは思ってる。でも、雪で小屋をつくってみると暖かくなる。雪は白いとひとは思ってる。でもね、雪はときにピンク、ときにブルーになる。どんなものよりも柔らかくなるし、石よりも硬くなることもある」。そして追いうちをかけるように、「確かなものはなにもないのよ」とトゥティッキはしめくくる。

冬のあいだ、トゥティッキはムーミンたちの水浴び小屋に住んでいるらしい。ムーミンたちへの断りもなく。しかも、ムーミントロールを招きいれるとき、小屋を「わたしの家」と呼ぶ。ムーミントロールはすかさず「これはパパの水浴び小屋だよ」と訂正するが、トゥティッキはまったく動じない。「それは正しくもあり、まちがいでもあるわね。去年の夏はどこぞのパパのものだったとしても、冬のあいだはトゥティッキのものよ」。

ムーミンたちはさほどモノに執着するほうではないが、自分のものとほかのひとのものぐらいの常識的な区別はする。とくに、ほかのみんながそろって冬眠しているいま、家族の持ちものを守るのは自分しかいないという気負いも手伝って、ムーミントロールはトゥティッキの曖昧なものの見かたに反発する。そんなばかな、水浴び小屋は、夏も冬も水浴び小屋であり、その持ち主がパパであるのは、夏も冬も変わらないはずだ。もし水浴び小屋がいつのまにかべつのものになってしまうのであれば、ムーミンたちも眠っているまにべつのものになってしまうのだろうか。みんなが冬眠しているうちに、まわりの世界だけがどんどん変わっていくのだとしたら……。そして、その変化のただなかにいながら、自分ひとりが変化からとり残され、そのうえ眠るみんなからもとり残されて……。ムーミントロールは怖ろしい考えにうちのめされる。

　トゥティッキの指摘する曖昧さは、水浴び小屋の問題にとどまらず、そうしたものにすくなくとも部分的には依存しているムーミンたちのアイデンティティにもかかわってくる。「これはパパの水浴び小屋だよ」と言いかえすことで、ムーミントロールが必死で守ろうとしているのは、水浴び小屋の所有権などではなく、水浴び小屋に象徴される〈ムーミンらしさ〉、つまりは夏の太陽と水遊びを愛するムーミントロール自身のセルフ・イメージなのだ。そして物語が展開し、トゥティッキを通じて、一風変わった冬の生きものたちとつきあうようになるうちに、ムーミントロールのセルフ・イメージも否応なく修正されていくことになる。

スクルットおじさん

Onkelskrutt

たいそうな年よりらしいが、「自分の名も年もまんまと忘れてしまった」つわもの。年より扱いされると憤慨するが、そのくせ、ムーミン屋敷の戸棚のなかに住む「ご先祖さま」をライヴァル視する。『ムーミン谷の十一月』で、ムーミン家族のいないムーミン谷にふらりと現れて、ほかの客たちとかみあわない会話をくりひろげ、あげくにさっさと冬眠に入ってしまう。究極の自由人。

忘れるのって気分がいいぞ

そのひとは、おそろしく年をとっていて、なんでもかんでもやすやすと忘れてしまうのだった。ある秋のどんよりと暗い朝、起きてみると、自分がどういう名前だったか、忘れていた。ほかのひとたちの名前を忘れると、ちょっぴりメランコリックになるけれども、自分の名前を忘れるのは、ただひたすらいい気分だった。『ムーミン谷の十一月』

＊　＊　＊

シリーズ最終作の『ムーミン谷の十一月』にしか登場せず、それほど台詞も多くないのに、忘れがたく強烈な印象を与える、スクルットおじさん。年齢不詳のふしぎな風貌、ユーモラスで皮肉っぽい口調、物忘れの振りをして、じっと相手を観察している鋭いまなざしなど、どことなく晩年の作者ヤンソンを思わせて、個人的には気になってしかたがない。

ひとやモノの名前が思いだせないと、たしかに憂鬱になる。とくに年を重ねてくると、記憶力の怪しさは自分への信頼を根っこのところから揺るがせる。人間のアイデンティティとは、あるいはすくなくともアイデンティティの自覚とは、記憶の積み重ねの別名なのだと思い知らされる。ところで、このスクルットおじさん、カフカの短篇「変身」の主人公よろしく、朝、起きてみると、巨大な虫ならぬ、名なしの存在に変身していた。しかも、一向に動揺するでもなく、むしろ「ただひたすらいい気分」になるのがすごい。

名前もないことだし、急いで起きる必要もない。そこでベッドでそのまま横たわったまま、いろいろと想像したり思いにふけったりして、ゆったりと優雅な時をすごす。しばらく眠って、また眼をさましたが、やっぱり名前を思いだせない。そして、名前がないばっかりに起きてあくせくせずにすむなんて、ほんとうに平和な一日だなあと思う。夕方になって、「起きあがるために」、とりあえず名前をみつくろうことにした。やはり名なしでは起きる気にもならない。

「スクルッタじいさん」「スクロンケルおじさん」「スクルットおじさん」「スクレールおじいさん」などなど。おじさんの列挙する仮の名前がすべて「ス」で始まるのは、ほんとうの名前の無意識の残滓なのか、たんにこの音の響きが好きなだけなのかは、わからない。ともあれ、自分を「スクルットおじさん」と呼ぼうと決める。その代わりに、かれが「親戚ども」とひっくるめて呼ぶひとびとの名前を、きれいさっぱり忘れてしまう。なにしろ、やつらは失敬千万なのだ。日曜になると、ごきげんうかがいに来て、そのたびに自分たちの名前を言う。こちらが忘れていると思いこんでいるのだ（それはまちがいではないが、忘れてしまうのではなく、忘れたいから忘れている）。しかも、こちらの耳が遠いと思っているので、なんでもかんでも大声をはりあげて、お元気ですかとか、昨夜はよくお休みになれましたかとか、礼儀正しいけれども、死ぬほどくだらない質問をする。

暫定的にせよ、名前が決まると、もっぱら内向きだった意識がしずまって、外界への関心がめざめてきた。だが、なにがやりたいのか、わからない。スクルットおじさんはいっしょうけんめい考える。そして、夜がしらじらと明けるころ、ようやく思いついた。そうか、自分が行きたかったのは、ムーミン谷だ。ずっと遠い昔に行ったような気がするが、もしかすると、だれかに話を聞いただけかもしれない。だが、そんなことはどっちだってかまわない。

大事なことは、その谷には小川があって、スクルットおじさんが、そこのパーティで最後まで居残ったことがあるらしい事実だ。パーティで最後まで居残る、これはとても重大なことだ。そもそも、おじさんが親戚連中に腹をたてているのは、日曜日にお義理のように会いに来るけれど、おざなりな挨拶をしてさっさと帰り、そのあとは自分たちだけで夜遅くまでパーティに興じているからだ。おじさんは知っている。連中が年寄りの自分を招きたがらない例のパーティ、深夜まで、いや、ときには夜明けまでつづく飲めや歌えやのどんちゃん騒ぎ、あれがいちばん愉しいのだ。だから、おじさんの記憶のなかで、自分が最後まで居残ったムーミン谷でのパーティは、特権的な重みをもっている。

思いついたからといってすぐに出立するほど、おじさんは愚かではない。愉しみはできるだけ先のばしする主義なのだ。だてに年はとっていない。ムーミン谷に出かけるまえに、やっておくべきことがある。きれいさっぱり忘れはてることだ。

くる日もくる日も、スクルットおじさんは、暗い入江にそって、小さな丘のあいだをぶらぶらと歩きまわった。物忘れのなかに深く沈みこんでいけばいくほど、ムーミン谷がますます近づいてくるみたいだった。(……)

＊　＊　＊

そうこうしているうちに、おじさんはびっくりするほど多くのことを忘れてしまった。毎朝、いつもの秘密めいた憧れをおぼえながら眼をさますと、ムーミン谷がもっと近くにやって来るように、さっさと時をおかずに物忘れにとりかかる。だれもじゃまをしない。あんたはだれだれですよ、と教えたりする者などいないのだ。

＊　＊　＊

これはもう、忘却という名の修業といってよい。断食で身体のなかをきれいにするように、忘却を通じて、自分の頭の要らない記憶をきれいに削ぎおとすのだ。おべっかを言う親戚連中をはじめ、つまらないものや、くだらないものは、どんどん忘れる。そのかわり、秋になると黄や赤に色づく木の葉の名前は、ぜったいに忘れないと確認する。そして、すっかり忘れはてたとき、頭のなかがからっぽになったとき、べつの難問がもちあがった。まだ、なにかがすっきりしない。そうだ、身の回りのモノが多すぎる。

長年の蓄積は記憶にかぎらない。おじさんの部屋の床は、ありとあらゆる品物で埋まっている。しかし旅に出るのだから、こんなものはもう要らない。そこで、おじさんはほうきで床をざっと掃いて、いろんなガラクタをまとめて山にした。食べ残し、なくしたと思っていたスリッパ、薬の錠剤、スプーンやフォーク、ボタン、未開封の手紙など、過去の名残をひとつもあまさず掃いて捨てた。しかし、八つの眼鏡だけは拾いあげ、旅の手荷物に入れると、スクルットおじさんはひとりごとを言った。「これからは、まったくあたらしいことを眼にするんだからな」。

心身の禊《みそぎ》を終えたスクルットおじさんは、身も心も軽くなって、意気揚々とムーミン谷をめざす。そこで、まったくあたらしいことを見て、まったくあたらしいことを聞くために。

あとがきにかえて

トーベ・ヤンソンとムーミン

ムーミンシリーズの生みの親、トーベ・マリカ・ヤンソンは、一九一四年、父ヴィクトルは彫刻家、母シグネは挿絵画家という芸術一家の第一子として、フィンランドの首都ヘルシンキで生まれた。ムーミンを世に送りだした〈児童文学作家〉として有名であるが、もともとは画家となるべくヨーロッパ各地で修業をつみ、第二次大戦前後は政治諷刺画家として活躍し、いわゆる〈おとな向け〉の小説や短篇をいまも定期的に発表している現役の作家であることは、北欧諸国はべつとして、それほど知られていない。

父はヘルシンキ生まれのスウェーデン語系フィンランド人、母はスウェーデン生まれのスウェーデン人で、家庭や芸術家の仲間うちでの共通語はスウェーデン語であった。トーベ自身もスウェーデン語教育の学校に通ったため、フィン（ランド）語はあまり得意でなく、作品はすべてスウェーデン語で書かれている。言語が個人をかたちづくるプロセスにおいてはたす決定的な役割を考えれば、言葉をあやつる作家にとってはなおのこと、こうした背景がヤンソン作品になんの影響もおよぼさなかったとは思えない。

むしろ、国民のほとんどがフィン語を母語とする国にあって、トーベ・ヤンソンがフィンランドで生まれ育ったフィンランド人でありながら、スウェーデン語を話す言語的少数派（全人口の約六パーセント）に属することは、構造的なパラレルワールドが魅力のひとつともいえるヤンソンの作風を理解するために、避けては通れない重要なファクターだと、わたしは思う。ヤンソン自身、ムーミン家族が自分の子ども時代の思い出にヒントを得ていることを認めている。「ムーミン物語はある程度までスウェーデン語系フィンランド人の社会を反映しているのか」という一九七八年のインタヴューの質問にたいして、つぎのように答えている。

「反映していないわけがありません。わたしが描いたのはスウェーデン語系フィンランド人の家族です。どんな少数派グループにもみてとれる一種の孤立がそこにはみてとれるはずです。ただし悲壮感《パトス》ぬきにです。（ムーミンたちは）互いにいっしょにいてしあわせだと思っているし、自分たちが住んでいる環境や場所に満足しています。とはいえ、もちろん、はっきりそれとわかるスウェーデン語系フィンランド人の特徴をもっています。それがいいか悪いかではなく、ただ単純にそうなのです」。

この「スウェーデン語系フィンランド人の特徴」とはなにかについてヤンソン自身は明言していないが、ヤンソンが政治諷刺雑誌『ガルム』の、一九三〇年代から一九五三年の廃刊にいたるまで中心的な画家のひとりでありつづけたことに着目してみたい。この雑誌が一九二三年の創刊時にかかげたスローガンは、「スウェーデン的・自由・北欧主義」の三つである。

第一のスローガンは、一九三〇年代のフィンランド全土を席捲した「純正フィン主義」（フィンランド人はフィン語を話そう）にたいする、言語的少数派であるスウェーデン語系フィンランド社会の抵抗であった。第二のスローガンは、禁酒法や検閲制度などの法的規制にたいする抵抗を意味していた。第三のスローガンは、フィンランド国内の二つの大きな勢力であった親ナチス・ドイツ派と親スターリン派にたいする抵抗であり、全体主義や独裁と手を組むことなく、他の北欧諸国と助けあって自主独立を保とうとする主張である。

『ガルム』1945 年秋号

四半世紀にわたって『ガルム』に百点余の表紙絵と五百点余の諷刺画を寄せつづけたヤンソンが、これらのスローガンに共鳴していなかった、あるいは無関心であったと考えるのは、かえって不自然であろう。じっさい、ムーミントロールの前身ともいえる生きものが、作者のサインがわりに活躍するようになるのも、この『ガルム』の誌上である。第二次大戦中、あるときはヒトラーのドイツに、あるときはスターリンのソ連に侵略され、首都を空爆され、大国のエゴに振りまわされてきたフィンランド人の怒りを、そして検閲によって思うように絵も描けないヤンソン自身の憤りを象徴するかのように、当時のムーミントロールは「小さくて、痩せており、しょっちゅう怒っている」。

露骨な干渉や権力主義にたいする反発は、たとえば、若き日のムーミンパパ（もちろんまだパパにはなっていない）の友人のひとりヨクサルの禁止アレルギーとなって顔を出す。ふだんはうらうらと眠ってばかりいるヨクサルが、がぜん生気をとりもどすのは、「〜するべからず」といった表示を眼にしたときだけなのだ。もちろん、つぎにくる抑えがたい衝動は「〜するべからず」と言われている当の禁止を破ることだ。この禁止アレルギーは息子のスナフキンにもりっぱに遺伝しており、『ムーミン谷の夏まつり』のスナフキンは、公園の「するべからず」をうたった立て看板をすべて引っこ抜いてしまう。

さらに、母国フィンランドがたびかさなる内乱や大戦の戦禍にみまわれたことを暗示するかのように、初期のムーミンシリーズでは、生命をも脅かしかねない深刻な危険が語られる。ムーミン第一作『小さなトロールと大きな洪水』で、ムーミンママとムーミントロールが、頼りになるはずのパパは行方知れずのまま、家もなく、寒さにふるえながら、暗い森のなかをさまよう冒頭は、戦争で父親を失い家を失った多くの家族の姿と二重うつしになる。

第二作『ムーミン谷の彗星』で、「ちっぽけな」ムーミン谷をこっぱみじんにしかねない勢いで迫りくる彗星を、スナフキンはこんなふうに描写する。「彗星というのは見当がつかないね。好きかってにやって来ては行ってしまうんだ。彗星ってやつはね、頭がおかしくな

ってしまった寂しい星のことだよ。燃える尻尾を引きずりながら、宇宙を転がりまわってい
る。ほかの星はみんな決まった軌道をまわっているのだけれど、彗星ってやつはどこにだっ
て気まぐれで現れるのさ。たとえば、ここにだってさ」。
この作品が書かれた時代背景を考えると、ムーミン谷はヤンソンの母国フィンランドを、
「頭がおかしくなってしまった寂しい星」はナチス・ドイツをあらわす比喩とみることがで
きるかもしれない。ムーミンたちが三〇センチあるかないかの「小さい生きもの」だという
ことも重要だ。小さいからこそ、ちょっとした変化にも大きな影響をこうむってしまう。こ
の「小ささ」はまた、かけがえのないものが恒常的な脅威にさらされている人生の無常をも
思わせる。

かつてムーミントロールたちは、人間の家のタイルストーヴの後ろに住んでいた。

「とっても美しいところで、しあわせに暮らしている小さな生きものがいっぱいいて、大きな緑の樹々があおあおと茂っている」平和なムーミン谷に、洪水、彗星の衝突、火山の噴火、厳しい冬などの災難がひっきりなしに襲ってくる。けれども、ムーミンたちはいつでも機転とユーモアを駆使して、

けっこう愉しみながら乗りこえる。大きな荒々しい北欧の自然はいつも穏やかで親切とはかぎらないが、「あらゆる小さな生きものたちの守り手」だっているのだ。

一九四七年、トーベ・ヤンソンは弟のラルスと共同で小さな島を借り、そこに手作りの小屋を建て、それからしばらくはこの島で夏をすごすようになる。ムーミンシリーズ第三作『たのしいムーミン一家』の大半はこの小島で書かれた。戦争の影もしだいに遠のき、のんびりと孤島で筆をとるうちに、ムーミントロールが体型的にも性格的にもすこしずつ丸みをおび、愛敬のある子どもらしい生きものとなっていく。

やがて第六作となる『ムーミン谷の冬』で、ムーミントロールをめぐる環境に変化が訪れる。ヤンソン曰く、「ムーミントロールがたんに冒険するのではなく、問題をかかえこむようになった」のだ。それまでの五冊には、スウェーデン的またはは端的にヨーロッパ的とでもいうべき要素がかいまみられ、物語の舞台もたいていは夏のムーミン谷であった。わたしはシリーズ前半の五冊を〈夏のシリーズ〉、『ムーミン谷の冬』以降の四冊を〈冬のシリーズ〉と呼んでいる。短篇集『ムーミン谷の仲間たち』には夏も冬も出てくるので例外としても、後半の三冊の長篇にかぎっていえば、秋の終わりから冬にかけてのフィンランド独得の自然の厳しさが感じられる。

『ムーミン谷の冬』ではじめてヘルシンキという具体的な地名が登場し、『ムーミンパパ海へいく』の地図にフィンランド湾という表記がみられるのも偶然ではないだろう。〈冬のシリーズ〉の作品群は、スウェーデン語系フィンランド人であるヤンソンが、自分のなかの「フィンランド的なもの」を自覚し、受けいれ、愛するにいたるプロセスを反映していると、わたしには思われてならない。そしてヤンソンは言う。「ムーミン谷とは、わたしの母方の祖父母のしあわせな谷とフィンランドの群島の合成物、それもうまいぐあいに混ざりあった合成物なのです」。

一九七〇年に九冊めのムーミンを発表して以来、絵本はべつとして、ヤンソンは〈子ども向け〉の作品を発表していない。いまだに「一〇冊めのムーミン」を待ち望んでいる読者も少なくないが、ヤンソンはきっぱりと言う。もうムーミンは書かない、いや、書けないのだと。最後のムーミン物語を発表した一九七〇年は、ムーミンママのモデルであった母シグネが他界した年でもある。この愛する母の死とともに、トーベ・ヤンソンは「しあわせな子ども時代」とその象徴であるムーミン谷に別れを告げたのではないか。

たくましく想像力ゆたかな少女の日常を描いた自伝的な小説『彫刻家の娘』と、島で夏をすごす年老いたおばあさんと孫娘の生活を綴った『少女ソフィアの夏』(原題『夏の本』)の二冊には、ムーミン谷の残照ともいうべき温もりが残っている。しかし以後、ヤンソンが数年ごとに発表することになる〈おとな向け〉の小説や短篇になると、人間心理の裏側をのぞきこむような怖ろしいまでに研ぎすまされた視線を感じさせる。

ムーミンシリーズやその直後の二作品においては、さりげなく示唆されてはいるが、あえ

ヘルシンキのアトリエでヤンソンと(1995年9月)

て徹底的には追求されなかった負のテーマ群——心をむしばむ不毛な孤独、老年がもたらす退廃、意思疎通のむずかしさ、芸術家のエゴイズムなど——がクローズアップされるようになる。人間の愚かしさや残酷さをあつかった、ときとしてかなり陰惨な話もあるのだが、これらの作品を読むことによって、ムーミン物語にちりばめられている無数の象徴を、よりよく理解できるようになるかもしれない。

これまでに、中・長篇小説が四冊、短篇集が四冊出版されているが、八一歳になったヤンソンはいまも、ヘルシンキ市内のアトリエで小説を書きつづけている。「よい芸術家になるには百年かかる」というのがモットーなのだ。わたしが今年の九月に訪れたときも、いま手がけている小説がもうすぐ仕上がる予定だと言って、にっこり笑ったのである。

一九九五年十一月

文庫版へのあとがき

最初の版が刊行されてから一三年になる。それでも、いまも読みなおすたびに、さまざまな発見や驚きや謎に出会い、わくわくさせられる。今回の文庫化にあたり、「スニフ」「スノークの女の子とスノーク」「フィリフヨンカ」「ヘムル」「モラン」「スクルットおじさん」の六項目(計七篇)を書き下ろし、その他の八項目(計一八篇)にも語句や表現のこまかな修正をおこなった。同時に、本書のグランドデザインを構成しなおし、中核にあるムーミン家族との距離感にしたがい、ゆるやかに五つのグループに分けてみた。

まず、最初のグループとして、「ムーミントロール」「ムーミンパパ」「ムーミンママ」「ちびのミイ」の四人が、厳密な意味での〈ムーミン家族〉を構成する。『ムーミンパパ海へいく』でミイが唐突に「養女」になっているからだけではない。絶海の孤島でくりひろげられる家族の解体と再生のドラマに参加するのが、血縁でつながる三人のムーミン族のほかには、ミムラ族であるちびのミイただひとりだからだ。はじめて家族の深刻な危機をあつかうといってよい『ムーミンパパ海へいく』では、ムーミントロールのアルター・エゴ的な役割を演じるミイの存在が、これまで以上にクローズアップされた気がする。

今回あらたに加えた「スニフ」と「スノークの女の子とスノーク」は、いうならば〈準家族〉的な位置づけができる。ただし、あくまで〈準家族〉にとどまるのは、スニフもスノークの兄妹も、ムーミンシリーズ前半では活躍するが、冒険から葛藤へと語りの重点が移っていくシリーズ後半になると、登場の頻度と重要性が減っていくからだ。

「フィリフヨンカ」と「ヘムル」はともに新項目で、〈変な隣人〉として位置づけた。フィリフヨンカ族やヘムル族は、シリーズ前半と後半では微妙に性格設定が変わっていくが、今回とりあげたフィリフヨンカとヘムルは、シリーズ後半の短篇集『ムーミン谷の仲間たち』に登場する内省的なタイプである。

「ニョロニョロ」と新項目の「モラン」は、理想郷アルカディアのごときムーミン谷にも存在する〈他者〉と考えてもよいだろう。両者ともほとんど言葉を発さず、心のうちはうかがい知れないが、その謎めいた在りかたはむしろ興味をそそる。じっさい、ムーミンパパはニョロニョロに、ムーミントロールはモランに深くかかわることで、自身にも隠されていたアイデンティティにめざめたのである。

最後のグループ〈ムーミン世界の賢者〉に分類されるのは、自然の恵みをうたう放浪の詩人「スナフキン」、冬と闇の神秘への道案内「トゥティッキ」、そして新項目「スクルットおじさん」の三人だ。スナフキンやトゥティッキは、個としての自由を最大限に謳歌しつつ、あくまでムーミン世界の〈内側〉にとどまっている。ところがスクルットおじさんは、あっさりと〈むこう側〉に突きぬけている。『ムーミン谷の十一月』でそれぞれの問題をかかえてムーミンたちに会いにきたほかの客たちとちがって、谷の真ん中を流れている小川を眺めにきただけのスクルットおじさんにとって、ムーミンたちの実像だの本質だのにはなんの関心もない。だからムーミン家族の不在にも動揺しない。すがすがしいまでにふっ切れている。

ゆうに百歳はこえていると思われる物忘れの天才に、本書のトリをつとめてもらったのには意図がある。一九七〇年に九冊のムーミンシリーズを完結させたあと、作者のトーベ・ヤンソンは〈おとな向け〉の小説や短篇集の執筆に専念する。大雑把ないいかたが許されるならば、これらの作品には、〈おとな向け〉に料理されたスクルットおじさんたちが数多く登場する。老い、病い、寂しさ、妬み、死といった主題が、ときにシニカルに、ときにユーモラスに展開される。登場人物の大半がスクルットおじさんのヴァリエーションといった趣の『太陽の街』がその典型だろう。ほかにもニョロニョロまたはモラン的な底なしの孤独、フィリフヨンカ的な偏執と絶望、ヘムル的なうつろに響く大言壮語とも呼べる主題が、おとなの読者を念頭に、じっくりと掘りさげられている。ムーミンの愛読者のかたがたに、これらの小説や短篇も読んでみようと思っていただけるならば、トーベ・ヤンソンの作品をこよなく愛する者として、これ以上の歓びはない。

「よい芸術家になるには百年かかる」が口癖だったトーベ・ヤンソンは、いまはもうこの世にない。二〇〇一年六月二七日、八七歳の誕生日をまたずして亡くなった作者に、このささやかな書を捧げたい。

二〇〇八年七月

トーベ・ヤンソン（一九一四―二〇〇一）略年譜

年	歳	
一八八二年		母シグネ・ハンマルステン（通称ハム）、スウェーデンで誕生。
一八八六		父ヴィクトル・ヤンソン（通称ファッファン）、ヘルシンキで誕生。
一九一三		シグネとヴィクトル、結婚。
一九一四	〇歳	トーベ・マリカ・ヤンソン（通称トーベ）、ヘルシンキで誕生。
一九二〇	六	弟ペル・ウロフ（通称ペルッレ）誕生。
一九二六	一二	末弟ラルス（通称ラッセ）誕生。
一九三〇	一六	ストックホルム工芸専門学校（シグネの母校）に留学、三年通う。
一九三三	一九	ヘルシンキのアテネウム美術学校（ヴィクトルの母校）に入学、一九三七年まで通う。
一九三八	二四	スウェーデン、ドイツ、パリ、イタリアに美術留学（―一九三九）。
一九四〇	二六	ヘルシンキで新進画家五人展に絵画出品。
一九四三	二九	ヘルシンキで初の個展。
一九四五	三一	ムーミンシリーズ第一作『小さなトロールと大きな洪水』刊行。
一九四六	三二	ムーミンシリーズ第二作『彗星を追って』（『ムーミン谷の彗星』の原型）刊行。
一九四七	三三	最初の連載漫画『ムーミントロールと地球の終わり』掲載。

一九四八	三四	ムーミンシリーズ第三作『たのしいムーミン一家』刊行。
一九四九	三五	初の劇作品『ムーミントロールと彗星』、ヘルシンキのスヴェンスカ劇場で初演。
一九五〇	三六	ムーミンシリーズ第四作『ムーミンパパの手柄話』(『ムーミンパパの思い出』)刊行。
一九五二	三八	ロンドンの『イヴニング・ニューズ』と新聞連載漫画の七年契約。 ムーミン絵本第一作『それからどうなるの?』刊行。
一九五四	四〇	『イヴニング・ニューズ』で「ムーミン」の連載始まる。 ムーミンシリーズ第五作『ムーミン谷の夏まつり』刊行。
一九五六	四二	『彗星を追うムーミントロール』改作されて刊行。 『ムーミンパパの手柄話』改作されて刊行。 『たのしいムーミン一家』一部改作されて刊行。
一九五七	四三	ムーミンシリーズ第六作『ムーミン谷の冬』刊行。
一九五八	四四	父ヴィクトル、歿す。 子どもむけの小劇『出番待ちのムーミントロール』がヘルシンキのリッラ劇場で初演。
一九五九	四五	『イヴニング・ニューズ』の連載漫画「ムーミン」終了(全二一話)、その後、ラルスが一九七五年まで担当(全五二話)(「ムーミン・コミックス」四二話収録、全一四巻)。
一九六〇	四六	ムーミン絵本第二作『さびしがりやのクニット』刊行。
一九六二	四八	ムーミンシリーズ第七作『ムーミン谷の仲間たち』刊行。

一九六五年	五一歳	ムーミンシリーズ第八作『ムーミンパパ海へいく』刊行。
一九六八	五四	小説『彫刻家の娘』刊行。
一九六九	五五	最初のTVアニメ「ムーミン」、日本で放映開始。
一九七〇	五六	母シグネ、歿す。 ムーミンシリーズ第九作『ムーミン谷の十一月』刊行。
一九七一	五七	招かれて初来日、その後八か月の世界旅行。 短篇集『聴く女』(「トーベ・ヤンソン・コレクション」8)刊行。
一九七二	五八	TVアニメ「ムーミン」放映再開。 小説『少女ソフィアの夏』刊行。
一九七四	六〇	小説『太陽の街』(「トーベ・ヤンソン・コレクション」6)刊行。 『ムーミン・オペラ』がヘルシンキの国立オペラ劇場で初演。
一九七七	六三	ムーミン絵本第三作『ムーミン谷へのふしぎな旅』刊行。
一九七八	六四	短篇集『人形の家』(「トーベ・ヤンソン・コレクション」5)刊行。
一九八〇	六六	ムーミン写真絵本第四作『ムーミン屋敷のならず者』(未邦訳)刊行。
一九八二	六八	タンペレ市立図書館に「ムーミン谷」美術館を創設。 小説『誠実な詐欺師』(「トーベ・ヤンソン・コレクション」2)刊行。
一九八四	七〇	小劇『出番待ちのムーミントロール』がストックホルムの劇場で上演。 小説『石の原野』(「トーベ・ヤンソン・コレクション」4)刊行。

一九八六	七二	ムーミンシリーズや絵本などの原画をタンペレの「ムーミン谷」美術館に寄贈。
一九八七	七三	短篇集『軽い手荷物の旅』(「トーベ・ヤンソン・コレクション」1)刊行。
一九八九	七五	小説『フェアプレイ』(「トーベ・ヤンソン・コレクション」7)刊行。
一九九〇	七六	招かれて二度めの来日。二度めのTVアニメ「楽しいムーミン一家」、日本で放映開始。その後、フィンランドとスウェーデンでも放映。
一九九一	七七	タンペレ市立美術館で「『ガルム』挿絵展」開催。
一九九二	七八	短篇集『クララからの手紙』(「トーベ・ヤンソン・コレクション」3)刊行。トゥルク近郊のナーンタリに「ムーミンワールド」オープン。翌年にかけて大規模な絵画展が開催される。
一九九四	八〇	タンペレでヤンソン生誕八〇年記念の国際会議と絵画展が開催される。
一九九六	八二	随想集『島暮らしの記録』刊行。
一九九八	八四	短篇選集『伝言』(一部未邦訳)刊行。
二〇〇〇	八六	弟ラルス、歿す。
二〇〇一		トーベ、歿す。享年八六。

トーベ・ヤンソン邦訳作品一覧　＊拙訳

1ムーミンシリーズ（すべて講談社）
『小さなトロールと大きな洪水』＊
『たのしいムーミン一家』
『ムーミン谷の彗星』
『ムーミン谷の仲間たち』
『ムーミン谷の夏まつり』
『ムーミン谷の冬』
『ムーミンパパの思い出』
『ムーミンパパ海へいく』
『ムーミン谷の十一月』

2ムーミン絵本（すべて講談社）
『それからどうしたの？』
『さびしがりやのクニット』
『ムーミン谷へのふしぎな旅』

3ムーミン・コミックス（すべて筑摩書房）
「ムーミン・コミックス」全14巻＊
（『黄金のしっぽ』〜『ひとりぼっちのムーミン』）

4小説・短篇集
『彫刻家の娘』（講談社）＊
『少女ソフィアの夏』（講談社）
「トーベ・ヤンソン・コレクション1〜8」
（筑摩書房）＊
『島暮らしの記録』（筑摩書房）＊
『誠実な詐欺師』（ちくま文庫）＊
『トーベ・ヤンソン短篇集』（ちくま文庫）＊

本書は一九九五年十一月、KKベストセラーズより刊行された『ムーミン谷へようこそ』をもとに大幅に加筆訂正し、文庫化したものです。

「スニフ」「スノークの女の子とスノーク」「フィリフヨンカ」「ヘムル」「モラン」「スクルットおじさん」は書き下ろしです。

ちくま文庫

ムーミン谷《だに》のひみつ

二〇〇八年八月 十 日 第一刷発行
二〇二五年六月二十五日 第十四刷発行

著 者 冨原眞弓（とみはら・まゆみ）
発行者 増田健史
発行所 株式会社 筑摩書房
東京都台東区蔵前二―五―三 〒一一一―八七五五
電話番号 〇三―五六八七―二六〇一（代表）
装幀者 安野光雅
印刷所 信毎書籍印刷株式会社
製本所 株式会社積信堂

ISBN978-4-480-42467-9 C0198